落語家
桂 歌蔵

前座修業

Zenza Syugyo

千の小言もなんのその

二玄社

前座修業

千の小言もなんのその

起

――ライブハウスから寄席へ――

1

あまりのライトの眩しさに思わず目を閉じた。頭の芯までしびれるような眩しさだ。下を向き、おそるおそる目をあける。ピカピカに磨き上げられた木目のフロアに俺は立っていた。ここは……、ステージなのだろうか。それにしても広いフロアだ。ライトも俺一人だけにスポットを当てている。

だんだん目が慣れてきた。どうやらここはホールらしい。まさに大ホール、俺にとってはとてつもない大きさのステージだ。客席は立錐の余地もない。超満員の観客。何千人いるのだろう。期待に満ちた顔をしている若者たちが俺一人に熱い視線を注いでいる……？

「お前らー、何しに来たー!?」

ワーッと歓声が上がる。

「ひょっとして……、俺を見に来たのかー!?」

いちだんと大きな歓声に包まれる。気がつけば肩からエレキギターをぶら下げていた。

後ろを振り返るとギタリスト、ベーシスト、ドラマーの姿があった。俺のバックバンド……？　正面に視線を戻す。もう客席は爆発寸前といった雰囲気だ。腹の底から熱いモノがこみ上げてきた。

うおー！　いくぞー！

ジリリリーン。……また夢だった。いつも決まってクライマックス寸前で目が覚める。目覚まし時計の音が無情に響き、帰りたくない現実に引き戻された。

少し頭が痛い。二日酔いなことだけは確かだ。昨日は何をしてたんだっけ。そうだ、思い出した。月に一回出演しているライブハウスのステージに立っていたのだ。一生懸命電話しまくって来てくれた知り合いは九人。飛び込みの客が二人、計十一人の動員だった。それでも三十人も入れば満員になるような狭いライブハウスでは、十一人でも充分、上出来の動員数だ。

老朽化が目立つビルの地下にある薄暗いライブハウス。目立つ壁のシミ、年季の入ったカウンター、ガラクタのような客席のテーブルと椅子。しょぼい照明、一人しか上がれないような狭いステージ。こんなライブハウスにまともな音響設備などのぞむべくもない。

いつものようにギターをかき鳴らし叫び続けた六十分。いや、昨日は少し趣向を変えたんだっけ。いつも付き合いで来てくれる客に申し訳がないと、いろいろとMCのネタを考えて披露したのだ。図書館で借りてきた落語や漫才のテープも参考にした。これがウケた。調子に乗ってクレージーキャッツの曲まで歌った。これまた大ウケ。ライブ後、高揚した気分のまま、打ち上げに残ってくれた数人の客とかなり酒を飲んでしまったのだ。相当ゴキゲンになり、帰ってすぐ眠りについたからこそ、今朝あんな夢を見たのだろう。そのツケがこの二日酔いだ。

そうだ、今日はバイトの日だった。昨日とおとといの二日間、ライブのために休ませてもらったのだ。さすがに今日は休めない。

テーブルには同棲している彼女のメモとトーストと目玉焼きが置いてあった。彼女は都心の方に勤めているのでいつも俺より先に家を出る。メモには、

〝お疲れさま　昨日のライブ、よかったよ〟

と書かれてあった。昨日のライブには彼女も仕事を終えて観に来ていた。日に日に焦っていく俺とは対照的に彼女は根が楽天的なのか、今の生活にそれほど不満がないのか、クサりかけている俺を励まし続け、これまで五年近くも一緒に住んできた。

トーストと目玉焼きをほおばってコーヒーで流し込む。ムカつき気味で調子が出ないまま、支度をして家を出た。行き先は鶴巻温泉の工事中のビル。一ヶ月前からこの現場に回された。工事現場の警備が俺の仕事だ。頻繁に工事車両が入ってくる日などはそれなりに

忙しいが、入り口に一日中ボーッと立っているだけの日もある。何もすることがない日は時がたつのも遅い。近頃、そんなヒマな日はいつも落ち込んでしまうようになった。

六年通った大学を卒業して二年半、こんな生活を続けていれば、そりゃ考えてしまうだろう。それでも以前はヒマな日にはひたすら曲作りに没頭していた。思いついたメロディのフレーズや歌詞をメモ帳に書き込む。近頃はそういう熱意も失せてきた。

もうすぐ二十七歳になる。歌もギターも公園や練習スタジオで毎日練習しているが、いつまでたっても上手くならない。ギターをかき鳴らし俺はパンクだと叫んでみても、誰も相手にしてくれない。当然だ。世間はそんなに甘くない。

また町田の山奥の空き団地に当選して、半年前に越してきたのもよくなかった。バンドのメンバー募集などで人に会うため新宿や渋谷に出るのがおっくうになってきたのだ。会っても気の合うやつがいない。いつも徒労に終わる。落胆し疲労感を抱えたまま、満員の小田急電車で帰途に着く。

いつになったら、スタートラインにつけるのだろう。世の中とつながりを持てるようになるのだろう。このまま齢を重ねれば、世捨て人になるのは目に見えている。夢にも出てきた大ホールで観客席にいることはあっても、あちら側のステージに立つことは一生叶わぬ夢なのか。だが焦る心とは裏腹に、あの満員の客席の光景を近頃やたら夢で見てしまう。

一年半前、俺はイギリスに行って来た。何かが変わるぞ、と意気込んで帰国したが、実際には何ひとつ変わらなかった。町田の山奥に引越して余計に事態は悪くなった。そろそろ潮時なのかな、とも思う。長く伸ばし無造作に後ろで結んだ髪も重く感じるようになってきた。もう何もかもがうっとうしい……。

気がつけば町田駅の券売機の前に立っていた。下の取り口の横に若者向けのファッション雑誌が置かれていた。誰かが切符を買う時、置き忘れてしまったのだろう。鶴巻温泉までの退屈しのぎに車内で読もうと手に取って電車に乗り込んだ。いつものように朝早くから満員電車でこうして通勤している。

これじゃサラリーマンと変わらないじゃないか。

自嘲気味につぶやいてパラパラとページをめくる。巻頭ページには、「今注目の男たち」という見出しで三人の男たちの特集記事が載っていた。その三人とは去年発足したサッカーJリーグのスター選手、深夜のオーディション番組でスターになったバンドのドラマー、そして落語家だった。

……落語家？　近頃図書館でテープを借りてよく聴いているとはいえ、落語は年寄りがやるもんだと思っていた。落語に最近まで馴染みがなかったわけではない。小学生の頃は落語全集を読み漁り、クラス会などでも披露していた。高校時代にもよくテレビなどで寄席番組を見ていた。なかでも上方落語の桂孔雀は一番のお気に入りだった。

反対に東京の落語家は地味だと思い込んでいた。けどこの雑誌に載っている若い落語家は地味な雰囲気ではない。野球のユニフォームを着て座っている写真が載っていた。そんなに服装のセンスも良いとは思えないが、大きく見開いた目、どこか人を挑発しているような、それでいてとぼけた顔。

インタビュー記事も刺激的だった。古い伝統的な落語界。その閉鎖的な現状をこの若さで堂々と批判している。パンクだ。記事を読んで写真を見ただけで、この人物が面白いかどうか分かる。

俺には分かる。この人は今ノリにノッてるのだろう。ノッていない、いきづまった現状の俺にはよく分かる。館川談治の弟子、館川治らくと書かれてあった。

落語かあ、落語ねえ、うーん、落語……。

2

「次は、かんないい〜、かんないい〜」

いつのまにか関内駅に着いてしまった。本当にあの音丸師匠が俺なんかに会ってくれるのだろうか。緊張感が増してくる。右手で頭に触れてみた。そうだ、これが現実なのだ。無精ひげを何日間か伸ばしたようなゴワゴワとした感触。

一週間前、どうせ髪を切るならと自らハサミでジョキジョキと切った後、ヒゲ剃りで頭をツルツルに剃り上げた。本気ということを分かってもらうためでもあった。いや、もう後戻りはできないと自分を追い込む気持ちもあったのかもしれない。

髪の毛を剃る前のことを思い出す。雑誌を拾って落語という世界に興味を持ってからは、新宿にある寄席にも行った。治らくさんの師匠の談治師匠の独演会にも足を運んだ。図書館で落語関連の本を読み漁った。弟子入りするなら誰がいいかと思案をめぐらせた。けど決心がつかない。時間だけが過ぎていく。大体、今までこれだ！と興奮し後先考えずに飛び込むと、必ず後悔する結果になった。甘い話ほどワナがある。むやみに人を信用しちゃいけない。これが自ら体験して得た教訓だった。ただこのまま一人で悩んでいても、前に進めるはずがない。それは分かっているのだが……。

焦りを抱え込んだまま、ふとある日、本棚の奥にしまってあったマスコミ芸能人手帳を取り出した。デモテープをあちこちのレコード会社や音楽事務所に送るために使っていた本だ。パラパラと読み返すと、落語家というコーナーもあった。

へえ、こんなページがあったんだ。落語家の住所と電話番号が記載されていた。デモテープを夢中で送っていた頃は、こんなページがあることさえ気づかなかった。ふと、桂音丸という名前が目に入った。俺がガキの頃からずっとテレビでやってる番組に出てる師匠だよな。横浜か。今住んでる町田からも近い。かけてみるか。このまま悩んでてもラチがあかないしな。なんとなく電話してみた。本当に何も考えずに番号を押してしまったのだ。

プルルルッ、プルルルッ、ブツッ。

「はい、もしもし」

げっ、いきなり出た。奥さんらしき人だ。なんとなく軽い気持ちで電話しただけに、突然の声に戸惑った。

「あ、あのう、桂音丸先生、いや、し、師匠、音丸師匠のご自宅でいらっしゃいますか」

「はい、そうですけど」

「あのう、あのう、その……」

「はい、何か？」

「音丸師匠は、……で、で、弟子とか取り扱っておりますか？」

しばらく無言、やがてクスクスと笑う声。

「はいはい、ちょっと待っててね、……おとうさん、おとうさん、電話」

冷汗がどっと出てきた。喉はカラカラ。やっぱ取り扱うは変だよな、商品じゃないんだから。けど奥さんらしき人は笑ってたぞ。ということは反応は……、悪くないのかな？

「はい、もしもし」

この声、間違いなくテレビで聞いた音丸師匠の声だ。

「あのう、わ、わたくしですね、音丸師匠の弟子にしていただけないかと、あっ、と、突然電話して申し訳ありませんっ。弟子になれないかと」

もうダメだ、焦れば焦るほど会話がおかしくなっていく。

「そうですか。あなたはおいくつですか？」

……何かアルバイト募集の電話みたいだ。

「はいっ、わたくし、今年で二十七歳になってしまいました」

「そうですか。それほど若くもない。大変ですよ」

「はっ、はい！　思う存分に覚悟しておりますっ」

「じゃあ、明日から私は地方に行ってしまうから、来週家に来なさい。いかに噺家が大変な稼業か教えてあげるから」

「あ、ありがとうございます！」

放心状態で受話器を置いた。相当に変な会話をしてしまったが、音丸師匠はそれほど気にはしていないようだった。しかも自宅で直接会って話をしてくれる。夢のようだった。思わず鏡の前に立って自分に問いかける。おい、イケるかもしれないぞ。この興奮した気持ちをなんとか形にしなきゃならない。鏡にうつった自分の顔、この長い髪……。

それからの一週間は何をやってもうわの空だった。やっと現実の世界に戻ってきたのは、音丸師匠の自宅を訪ねる約束をした日の前日だった。

押入れにしまいっぱなしだった紺のスーツ。ホコリをかぶってしわだらけのカビ臭いスーツを取り出した。必死ではたいて、フトンの下に敷いてしわを伸ばす。大学一年の入学式に着て以来、八年半ぶりだ。袖を通すとかなり窮屈になっていた。その上、ズボンのすそも短い。これまたグルグル巻いてタンスの引き出しにしまいっ放しだった赤いネクタイ。伸ばしてみても先がスルメのように反り返る。革靴はガードマンで履いている傷だらけのものが一足だけ。必死で泥を落としたが、ワックスなんかあるわけがない。仕方がないんでめくれた部分に油性インクを塗って傷を隠す。

そんなおぞましいファッションでついに最寄駅の関内まで来てしまったのだ。駅のトイレに設置された等身大の鏡で自分の姿を再確認してみる。

……こんな格好で音丸師匠に会いに行こうというのか？　その上、早くも緊張してるせいか、ガチガチに怖い顔だ。一分刈りの坊主頭が凶暴さに拍車をかける。

しわくちゃ、むちむち、つんつるてんのスーツ。履き潰されてぼろぼろ、へにゃへにゃになった革靴。坊主、日焼けした凶悪な人相。自分でもよく分からない人物になっている。

一週間前にツルツルの頭を見た時、彼女は意外にもそれほど驚かなかった。以前、ハードコア・パンクバンドをやっていた時はモヒカン頭にしていたからだ。免疫ができている。大方、スキンヘッドの頭がトレードマークの右翼的なパンク、オイ・パンクでも始めると思ったのだろう。

そんな彼女も、ガサゴソと押入れに顔を突っ込んで、しわくちゃのスーツを出してきた時にはさすがにけげんな顔をした。一体何のオーディション？　うーん、ちょっとね、大事な面接があるんだよ。あいまいに答えるしかなかった。

やはり普段着の方が自然体でよかったか？　けど俺の普段着は「PUNKS NOT DEAD」や「ANARCHY AND VIOLENCE」と描き殴るようにペイントされた鋲つき革ジャンだ。靴はドクターマーチンの安全靴。その格好の方が音丸師匠は驚くだろう。まさに極地から極地へ飛ぼうとしている。やはり俺はまともな場所に着地できない人間なのだ。だが本当に大丈夫なのだろうか？　ふと、自分自身の無鉄砲さが怖くなった。

このあたりだな、この番地であってるよな。それにしてもずいぶんと下町風情のある街だ。いよいよ、桂音丸一門に入門しようとしてるのか、門を叩こうとしてるのか。表札が目に入った。瀬名岩雄、小さく桂音丸、と書いてある。ここだ。いよいよ門を……。

……音丸師匠の家には門がなかった。しかもこの家、ずいぶんと狭くて細長い……。三階建てだ。やはり体型に家の構造も似せたのか。

「ごめんください」

「はい、どうぞ」

ガラッと玄関の戸をあけた。おかみさんらしき人が奥から出てきた。俺の姿を見て、一瞬ハッとしたような顔をした。

「せ、先日、お電話さしあげてしまった吉田というものです」

また変なあいさつをしてしまった……。

「はいはいっ、先週のね。おとうさん〜」

玄関わきの階段の手すりに手をかけ二階に向かって、

「このあいだ電話くださった人、お見えになったわよ」

いよいよ音丸師匠が下りてくる。かたずを飲んだその時、

キャンキャンキャンキャン！　ミャーミャー！　シャー！　ズドドドド！

座敷犬と何匹もの猫がドドドッと階段を下りてきた。こんなにたくさん動物を飼っているのか？　その後から、ゆっくりと優雅に師匠が下りてきた。満面の笑みを浮かべたおだやかな表情。魔法をかけられてお年寄りに変身させられた王子様が、これまた犬や猫に変身させられた家来を従えているかのようだった。

奥の応接間に通された。おずおずと座る。お茶を出されて、ハッと我に返った。

「あ、あのこれ、つまらないものですが」

駅前で買って来たくず餅をおそるおそる差し出した。

「あ、あの、これも」

唐辛子煎餅も差し出した。

「まあ、二つも」

おかみさんがけげんな顔をする。

「は、はい、あのう一つでは足りない、失礼かと思いまして」

言ってから思わず息を飲み込んだ。今の発言の方がかえって失礼かもしれない。いや失礼だ。

来る途中、町田駅前で五百円の唐辛子煎餅を買ったのだが、あまりにも包みがみすぼらしくて、こんな土産一つじゃ天下の音丸師匠宅に伺うのに失礼だろう、それに辛いものが苦手だったらどうするんだと電車の中で自問自答して、横浜駅で今度は五百円のくず餅を買ってしまったのだ。最初から千円の品物を買えばよかった。俺はやることなすことがいつもチグハグなんだ。そう、特に肝心な時には。

六匹の猫がかわるがわるテーブルの上に飛び乗ってくる。そのうちの一匹が俺の二つの土産の側に近づいてフンフンフンと匂いをかいだかと思うと、ヘンッとそっぽを向き土産をまたいでトンッと下へ降り立った。今度はキャンキャン吠え出した座敷犬が俺の足元をグルグル回り出し、短いズボンのすそにガブッと噛みついた。

「これ、キャンピー、キャンピー！　やめなさい」

おかみさんがたしなめて、座敷犬をズボンのすそから引き離し、両腕で抱え込んだ。犬は俺の方を睨みつけ、ウーッとうなっている。あわてて目をそらした。

「いつもそんな頭にしてるのかね」

いきなり師匠が尋ねてきた。

「いえっ、自分なりに覚悟を決めて入門をお願いしに来ようと思いまして」

「普段は普通の髪型ならいいが、それにしても」

少し身を乗り出し、師匠が言う。

「全部剃るなんてもったいない」

髪の薄さがトレードマークの師匠が言うのだ。これは笑うところなのだろうか？　それともマジで言っているのか？　まったく空気が読めない……。

「まさか刑務所帰りじゃないでしょうね」

と、おかみさん。声は少し笑っているが、目は決して笑っていない。あわてて目をそらす。

「お酒は飲むの？」

追い討ちをかけるようにおかみさんが尋ねる。

「はい、それほど強くはありませんが、人並みには」

「お酒はダメです！」

急に師匠が声を張り上げた。

「前座の間はお酒は飲ませません。私が酒を飲まないせいもあるが、酒を飲む芸人にろくなやつはいない。そりゃたしなむのはいいですよ。けど大概の噺家は酒に飲まれてしまう。売れてないやつに限って、また売れないやつとつるんで酒をあおってクダを巻いている。ろくなもんじゃない。酒なんか飲むヒマがあったら噺の稽古をしなさい。とにかく酒はいけません」

落語原理主義者……？　そう言いながら師匠はピース缶の両切り煙草を深く吸い込んで吐き出した。とにかく酒飲みが嫌いなことは確かだった。

持参した履歴書に目を通しながら、経歴を師匠が読み上げる。

浪花神社高校卒、大日本文化大学卒
帝国日本ガードマン勤務
特技　剣道初段、空手茶帯

「右翼だな」

師匠がつぶやく。

「い、いえいえ、決してそのようなことは！」

パンクですよっ、心の中で叫びながら否定したが、

「俺もそうだ」

力強く師匠が言う。

「…………」

そうなのか？　声は少し笑っているが、目は決して笑ってなかった。あわてて目をそら

す。そうだよ、右翼だ右翼。今日から俺は右翼なんだ、心の中でつぶやく。特技にパンクロックと書かなくてよかった。

なぜか部屋の隅っこの場所だけが暗い。その暗い場所からランランと光る二つの目がこちらを鋭く見つめていた。

ふくろうだった。

「あれはね、我が家の守り神なんだよ」

師匠が満面の笑みを浮かべ、そう言った。

「なあ、シロちゃん」

「ほお」

ふくろうが答える。どうやら相当動物好きの家であるようだ。

「泉州堺の出身なんだね」

「ええ、でもこちらでの生活も長いですから。いつの間にか納豆も好きになって、あ、うどんよりもそばが好きなんですっ」

「ほお」

ふくろうも感心したようだった。

帰り道はそれこそ初めて電話をした日の何倍もの放心状態、まだ信じられない気分だった。そんな夢うつつの状態、頭の中を師匠の言葉がかけめぐっている。

〝うちは狭いから前座の四年から五年間、近所にアパートを借りてあげるから、そこから東京の寄席に通いなさい。この期間はとても厳しいから相当の覚悟が必要だよ。その代わり、この世界、売れたらこんなに良い商売はない。だからこそ最初の下積みの期間は、歯を食いしばって耐えるしかないんだよ〟

緊張から解放されるとドッと疲労感が押しよせてきた。不安感がつのる。そんな特殊な世界で俺はやっていけるんだろうか。前座は四年から五年と言ってたよな。今の俺にとっては気の遠くなるような長い期間だ……。

刑務所か。おかみさんの言葉がよみがえる。また頭に触れてみた。これが現実なのだ。ようし、刑務所に入ったつもりでやり遂げてやろうじゃねえか！

徐々に気分が高揚してきた。

とにかくもう飛んだのだ。あとはちゃんと着地できるか、地に足をつけることができるかだ。俺にとってロックはぬかるみ、いや底なし沼だったのか？　だが落語というグラウンドではちゃんと二本の足で立って踏ん張れるかもしれない。

十二月上旬、かなり肌寒くなってきた夕暮れに、これまた寒くなった頭でそんなことを考えながら町田に帰った。

　その日の夜、彼女に初めて落語家になりたいことを打ち明けた。四年から五年は師匠の下で修業しなければならない。俺はこの団地を出ないといけない。当然、彼女は大反対。最後にはボロボロ泣き出した。

「髪を切った時、オイ・パンクになるというのはウソだったの、私にウソをついてたの？」

「いや、オイ・パンクじゃなくて、老い芸人を目指そうと思うんだけど……」

「下らないこと言わないで！　どうして？　今の生活が不満なの？　私と別れたくなった？」

「いや、そうじゃないよ。ただこのままじゃ、世の中と何のつながりも持てないまま人生を終わってしまうような気がするんだよ」

「ちゃんと世の中に関わってるじゃない。音楽活動だって頑張ってるじゃないの」

「もう限界なんだ。あんなライブハウスでやってたって何の意味もない。毎月ステージに立つのもつらくなってきたんだ。もうちょっと自分に合った表現方法で、今よりは少しでも多くの人に認めてもらいたいんだ」

「もう私は必要ないのね」

「そんなことないよ！　必要としてる。前座修業が終わるまで待っていてほしい」

「でも私、四年も待てない……」

ひとしきり泣き終わった後、吹っ切れたような顔をした。彼女も何かを決心したようだった。

「分かった、四年間待つわ。その間、私も頑張るから」

五年間かもしれないよ。自分でもつらくてそう言えなかった。

3

面接のような初訪問から三日後、アパートを決めてもらった。師匠の家から歩いて五分、師匠が年に五回出演している五吉演芸場の近くだ。来年からはこの場所で、新生活が始まる。一月一日から一ヶ月間は師匠のかばん持ちであちこちをついて回る。二月から楽屋入り、という予定になっていた。

別段用もないのだが、ほぼ毎日師匠宅には顔を出すようになった。今のうちに覚えることは覚えておいた方がいいと、楽屋のしきたりを教わった。あとは師匠が自分の部屋でプリントされた年賀状に宛名を書いているのを正座してじっと見ているだけだった。その間、ずっと師匠が出演している大喜利番組「笑伝」のビデオを再生している。いつもBGMは六時間テープにおさまったこの番組だ。

「はい、音さん！」

「ピンポンパンポーン、クキちゃんラーメンを食べた人たちが食中毒で担ぎ込まれました」

ワー！　パチパチパチ。

「はい、クキちゃん！」

「ピンポンパンポーン、音丸師匠、たった今死にました」

ワー！　パチパチパチ。

笑うこともできない。感想を言うなんてもってのほかだ。それくらいの常識は俺にもある。師匠は押し黙ったまま、しゃんと背筋を伸ばし正座をしてちゃぶ台に向かい、淡々と宛名を書いている。沈黙が息苦しくて、時間のたつのが遅かった。

4

暮れもおしせまった十二月末、音丸一門は中華街の老舗の中華料理店に集合した。師匠の横浜市民賞受賞を一門で祝う会だった。一門の兄弟子たち、師匠の家族と顔を合わせるのは初めてである。

師匠とおかみさん、長女である娘さん、師匠のベンツの運転手の義理の息子さん、そして長男である息子さん。この息子さんは落語家になる気はまったくないそうだ。

一番弟子の音春師匠は真打である。二ツ目途中まではちがう師匠の弟子だったらしいのだが、その師匠が亡くなって引き取ってもらう形で音丸の弟子となったらしい。真打になるまでは師匠に生きていてもらわなければ、またちがう師匠の弟子にならなければならない。

自分自身の境遇に置きかえると不安になった。師匠は五十五歳であるが、あまり身体が丈夫ではなさそうだ。何よりテレビの大喜利番組でもその実年齢よりも老けて見える風貌から、やたら年寄りだの、もうすぐご臨終だのとネタにされている。前座修業は四〜五年、二ツ目の期間は十年といわれている。真打までは計十五年だ。師匠は七十歳か。まあ大丈夫だろう。今からそんなことを考えてもしょうがない。

二番弟子は音助兄さん、三番弟子は音若兄さん、二人とも二ツ目で落ち着いている。お笑い芸人にありがちなテンションの高さもない。また二人ともメガネをかけていて、どちらかというとサラリーマンのような雰囲気だ。落語家ってすごいな、と意味もなく感心した。やはり伝統芸能というものを何年も修業し続けると、物静かな人間になってしまうのだろうか？
そして俺より半年前に入った兄弟子が音男兄さんである。歳は二つ下なのだが、中学を卒業してからさまざまな職を経験して落語家に行き着いたらしい。細い身体でやたらテンションが高い、なんともインパクトの強い兄弟子だった。たとえ年下でも半年先に入門したのだから兄弟子である。従わなければならない。初対面からやたら先輩風を吹かす、かなりうっとうしいタイプの人間であったが、兄弟子の威厳を保つための立ち振る舞いだったことは後になって知ることとなる。きっと俺もかなりインパクトの強い弟弟子に見えたのだろう。

その食事会はなんともいえない雰囲気だった。中華料理店の座敷の個室でおこなわれたのだが、一番弟子の音春師匠はほとんど話をしない。弟子の中で一番師匠に気を使っているように見えた。やはり一番弟子というプレッシャー、また途中から引き取ってもらったという負い目もあるのだろうか？

師匠が酒を嫌うだけあって誰も酒を飲まない。こんな静かな食事会は初めてだ。かといって上品といった雰囲気でもない。なんというか、妙な緊張感に包まれた食事会だった。

そんな中、音男兄さんだけがはりきっていた。料理が運ばれてくるたびに手を出してやたら仕切ろうとするので、とうとう二番弟子の音助兄さんに小言を食らう。それでも懲りない。せかせかと動いては隣りの俺を突っつく。ほらほら、前座はもっと気が利かなきゃダメなんだよ、そんなんじゃ寄席の楽屋に入っても使いもんにならないよ。トロイなあ。今まで仕事何やってたの。

それにしても寄席の前座は彼だけではない。こんな先輩ばかりなのだろうか……？

5

いよいよ元日になった。朝早くアパートから師匠の家に向かう。昨日の大晦日、正確にいうと今日の深夜からこのアパートには引越しをすませていた。

友だちのトラックを借りて一人で荷物を積んで引越しをしたのだが、本当に一人で事足りた。ほとんど荷物がない。まさにゼロからの出発だ。

もう二度と音楽に関わることもないだろうとギター三台、アンプ二台、ドラムマシン、シーケンサー、楽器と機材は中古楽器屋に二束三文で売り払った。ロックっぽい服はすべて捨てた。音楽をやっていた吉田真吾は二十七歳で死んだのだ。町田の団地で朽ち果てたのだ。これから落語家として生まれ変わるんだ。

覚悟を決めての引越しだったが、彼女に泣きながら見送られたのはつらかった。せめて年が明けてからにしたら、大晦日の引越しなんて夜逃げみたいで縁起が悪い、何より大晦日を一人で過ごすなんて耐えられないと反対された。けど正月からは本格的に忙しくなる、引越しするなら大晦日しかない、大丈夫、毎晩電話するから、時間が空いた時はちゃんと帰るからと説得した。

バックミラーに泣きじゃくりながら見送る彼女の姿がチラッと見える。胸が張り裂けそうだった。俺は勝手なことばかりしてる。一年半前にもイギリスに半年間一人で行って来た。その時もずっと待っていてくれた。今度は五年近くも待たせようとしている。

アパートに着き荷物を降ろしてたら、深夜十二時になった。外の公衆電話から電話をかける。

「明けましておめでとう。本当にゴメンね。これからもよろしく」

彼女はわーわーと泣いていた。

やはり元日は忙しかった。まず師匠のベンツに乗り込む。俺の席はもちろん助手席だ。隣りの運転席、義理の息子の矢代さんが、満面の笑みで後部座席の師匠に向かってあいさつをした。

「それでは師匠、まいります」

「ああ、お願いします」

それ以降、最初の目的地に着くまで一切会話がない。助手席の俺にはこの沈黙が重くのしかかってくる。睡魔が襲ってくるのだ。音若兄さんに言われた言葉を思い出す。

「いいか、師匠のベンツ、あれは鉄の揺りかごだけどな、絶対に寝ちゃダメだぞ。寝たら最後、どこだろうが途中で降ろされるぞ。昔、高速で降ろされた弟子がいたけど、それ以来そいつは消息不明だ。落語家をやめたくなかったら絶対に寝るなよ」

……確かに鉄の揺りかごだ。意識が遠のいていく。ひざをギュッとつねっても……、もう感覚がない。ああ、もうダメだ、短い間でしたが、師匠、一門のみなさん、お世話になりま……。

「はい、お疲れさまでしたぁ」

矢代さんの元気な声が車内に響く。着いたのだ。命拾いをした。あわてて助手席から外に飛び出す。後部座席のドアをガッとあける。

ドアをあけたら、ニュルッと師匠がうなぎみたいに出てきた。師匠も内側からドアの取っ手に手をかけてあけようとしていたのだ。取っ手に手をかけたままの師匠ごと、外に引きずり出してしまった。

「バ、バカやろ！　ヒッヒッヒ」

「も、申し訳ございませんっ！」

それにしても師匠が笑っている……？　とっさのことでビックリして、脳が怒るじゃなくて笑うという指示を出したのかもしれない。まさか師匠も弟子が自分を引きずり出すとは思わなかったのだろう。矢代さんもとっさのことでギョッとしている。とんでもない大しくじりだ。それでも落ち込んでいるヒマはない。スタスタ歩き出した師匠の後をヒョコヒョコついていく。まずは新宿末永亭だ。正月顔見世興行なので、高座時間は短くせわしない。

都内の数軒の寄席に出演し、夕方には浅草にたどり着いた。駐車場は六区演芸場からは少し離れている。車から降りて師匠と二人、演芸場に向かう。

「そのGジャンだけで寒くないか」

……じいちゃん……？

「Gジャンだよ！」

ポカンとしている俺に対し、少しイラついたかのように師匠が言った。

「あっ、は、はい、大丈夫です」

確かにまともな上着はこれ一着しかなかった。入門を許されたとはいえ、やはり鋲つき革ジャンはマズイだろう。そのじいちゃん、じゃないGジャン姿で師匠の後をとぼとぼつ

いて回る。突然、師匠は仲見世の紳士服店の前で立ち止まった。店の入り口に展示されている高級そうなブルゾンを見つめ、

「このジャンパー、ちょっと着てみなさい」

ええっ!? 値札を見たら六八〇〇〇円と書かれてある。店の奥からいかにも浅草の目抜き通りの店の主といった威厳を漂わせ、主人が出てきた。これが師匠の顔を見たら、コロッと人格が変わったみたいにコビた面相に豹変した。早くももみ手の体勢だ。

おそるおそる腕を通す。暖かい。そりゃそうだ、六八〇〇〇円のブルゾンだ。ジャンパーではない。うっとりと着こなした。

「暖かそうだし、いいじゃないか」

師匠も満足そうだ。

「そりゃあもう、これはお買い得ですよ、師匠」

舌なめずりをしそうな顔をして主人が答える。

それにしても六八〇〇〇円だ。俺に着せて自分が買おうというのか。けど師匠とは体型がちがうし……。

「よし、買ってあげるから、これからこの冬はこれを着なさい」

そう言いながら胸ポケットから財布を取り出した師匠。

マジか……。こんな高価な上着を俺に？　正直涙が出そうになった。一生この人についていこうとさえ思った。

満面の笑みを浮かべている主人に向かって、

「はい、じゃこれ」

一万円札一枚をヒラリッと渡した師匠。

「……へっ？」

思わず主人と俺は顔を見合わせる。

「……えっ？」

そのただならぬ気配に、師匠も、もう一度ちゃんと値札を見直した。

「……あ〜、一ケタ間違えていたようで、これはこれは申し訳ない、失礼をしました。ご主人、今日のこれは貸しということで。また後日来ますんで。申し訳ない」

「……はあ」

ポカーンとしたままの主人に背を向け急いで店を離れる師匠。こちらもあわてて後をついて行く。

「とんだ恥かいちゃったよ」

少しバツの悪そうな顔で師匠が言った。露店が立ち並ぶ裏通りに出た。ドテラやニセ毛皮のコートが吊ってある一軒の露店の前で立ち止まり、物色する。

「うん、ちょっとあれ着てみなさい」

さっきの高級ブルゾンとは似ても似つかぬ作業員が着るようなドカジャンを指さした。

マジか……。色はグレーで、えり元は黒いフカフカしたフリースに覆われている。胸に何々工務店と書かれていてもおかしくないドカジャンだった。とにかく袖を通す。ゴワゴワしてるが確かに暖かい。寝袋を着ているようだ。これだと野宿も可能かもしれない。

「うん、これがいい」

値段はちょうど一万円。これが一万円でさっきのブルゾンが六八〇〇円のわけがないでしょう、師匠。そう思いながらも、

「ありがとうございます」

本当にありがたそうに、うやうやしくお礼を述べた。

「いつもはダメなんだけど、今日は特別だ。客席の方に回っていろんな師匠方の落語を観てなさい。私の高座が終わった後、入り口のところで待っていればいいから」

こう言って師匠は楽屋に入っていった。おそるおそる客席の後ろの方に回る。いろんな師匠方が入れ替わり立ち替わり高座に出てきた。もう一方の協会である噺家協会の興行は

見たことがあるが、こちらの芸能協会の落語家を見るのは初めてだ。

この芸能協会の師匠方が面白い。個性的な人ばかりだ。派手な金ピカの着物で登場し、ずっと笑ってる客のおばさんをいじり倒す寿吉師匠。ムスッとしたままダジャレを繰り返し、それがなぜか大爆笑を生む栗太郎師匠。他にもレポーターや司会でテレビに出ている師匠方がどんどん出てくる。

あとでこの日は正月興行で特別だと分かったのだが、その時は芸能協会の顔ぶれの豪華さにこの協会のイメージが変わった。そんな中、師匠が登場すると会場のボルテージが一段と上がった。

もし師匠が客席を見た時、あいつせっかく買ってやった上着を脱ぎやがって、なんて思われるかもしれない。ドカジャンを着込んだまま、席に深く腰を埋める。同業者だと思ったのか、隣りの席の同じようなドカジャンを着た墨田川沿いに住居を構えていそうなじいさんが、

「ニイちゃん、一杯やるかい」

そう言ってワンカップを差し出してくれた。

「……いえ、けっこうです、すいません」

初めて師匠に会った日からずっと酒はやめていた。

それでも今日は元日だ。去年までのことを思うとキューッと一杯飲み干したかった。

ムスッとした顔をして師匠は家に帰る。いつものことだ。

「おかえりなさい」

さすがに三つ指はつかないが、なるべく明るい声で出迎えるおかみさん。

「今日は元日だから浅草は人が多かったでしょ」

「ああ」

「寄席もお客さん入ってたの？」

「ああ」

何を聞かれても、ああ、としか答えない。この細い身体で一家を支えている大黒柱なのだ。俺のアパートの家賃も、今日のドカジャンの代金も払ってくれている。偉いのだ、師匠は。

「音郎に何か食わせてやってくれ」

「あら、名前、音郎に決めたの？」

「ああ、決めた、音郎だ」

……音郎かあ。心の中でつぶやきながら、おかみさんがすすめてくれたおせち料理をごちそうになる。思いきりほおばってアパートに戻った。

音郎か、音郎ねえ。落語家になる前は音楽をやっていたんだ、これも何かの縁、だったのかなぁ。

何はともあれ、俺は今日から音郎だ。ヨシダシンゴはカツラオトロウに生まれ変わったんだ。もうくたばるわけにはいかない。

6

二月一日午後三時すぎ、俺は六区演芸場の前に立っていた。深呼吸をした。いよいよ寄席の楽屋に入るのだ。覚悟を決めて、中に第一歩を踏み出そうとした瞬間、

「お前、何やってんだよ！　そんなとこにいたらジャマ！　早く入るの！」

背後で大きな声がした。振り返るとそこには音男兄さんの姿があった。

出来すぎの第一歩だ……。渋々兄さんの後から入っていく。

「おはようございます！　あ、どうもぉ、おはようございます」

やたらこの兄さん、元気がいい。入り口で呼び込みをしているおじさんたちから中の受付のおばちゃんとみんなに愛想よくあいさつを繰り返す。

「ほらほら、お前もおはようございますとちゃんとあいさつしないと、暗い顔してちゃあ印象が悪いだろ、ただでさえ怖い顔してんだから。愛想よくしないと嫌われるよ」

口うるさい音男兄さんに先導されて楽屋部屋の前に来た。正座して中にいる師匠方にあいさつする。

「おはようございます！」

お囃子部屋に行ってお囃子さんたちにもあいさつをする。妙齢のご婦人たちが三人。おだやかそうに返事をしてくれる人、ギロッと睨む人、ほとんど無関心な人、三者三様だ。

前座部屋に行って着物に着替える。音男兄さんに話しかけた。

「兄さん、何か怖いっすねえ、お囃子さん方」

「そう、怖えんだよ、あの人たち。ある意味一番気を使わないといけない人たちだぞ。三味線に合わせて俺たち前座が太鼓を叩くだろ。ちょっとでも間が合わないと、後で文句言われるんだよ。太鼓だけじゃない、お茶を出したり、中日で楽屋に食事が出るだろ、おすそ分けをして真っ先にお囃子さんに出さないとむくれるしな。だから俺なんか、たまにはお姉さん、どうしたんですか、今日はやけにきれいっすねえとかお世辞言ったりしてんだよ」

「兄さん、それはわざとらしいでしょ。よくそんな調子のいいこと言えますね！　かえってしくじりますよ」

そう言うと声を潜めて兄さんが返す。

「バカ、それくらい歯の浮くような、白々しいこと言っとかないとダメなの。とにかく気を使っとかないと、大変だぞ」

「じゃあ今まで言ってたことはお世辞だったのかい？」

後ろを振り返るといつのまにかさっきの三人とはちがう、もっと貫禄のあるお囃子さんが立っていた。その姿を目にした音男兄さんが飛び上がる。

「い、いえ、そんなことは！　いや、あははは っ、いやあ、とんでもない、あ、あの、申し訳ありませんっ！」

ピョンピョン飛び跳ねながら、音男兄さんは土下座せんばかりに謝った。


その日の夜席はただ楽屋を見ているだけだった。前座の仕事にたずさわるのは三日後。初日から三日間は見学して前座仕事の流れを把握するのである。もう楽屋の隅に着物姿で立っているだけで頭がのぼせてしまう。正直、誰が誰やらさっぱり分からない。次々と楽屋入りする師匠方に、立前座という夜席で一番上の前座のキャッチボール兄さんから紹介してもらい、あいさつするが、すぐに記憶が飛んでしまう。

何が何だか分からないうちに、その日のトリを務める桂文志師匠が楽屋入りした。黒紋付姿に外套を引っかけ、手にはステッキ、頭にハット。小柄な身体にギョロッとした目、角刈りの白髪頭。まるで大正時代の写真から抜け出てきたような風貌だ。

「おい、そこの！」

その文志師匠が突然、俺を指さした。

「ボーッと見てちゃダメだよ。楽屋に師匠方が入ってきたらすぐにそばに来て、着ている上着を脱がせるの。何やってんだ！」

あわててキャッチボール兄さんが助け舟を出してくれた。

「あ、師匠、あいつはまだ見習いで、今日楽屋に入ったばかりなんです」

「ああ、そうか。……君は誰の弟子？」

ガチガチに緊張してしまって、声を出せない。

「あいつは……」

「お前じゃないよ、あいつに直接聞いてるんだ！」

キャッチボール兄さんを怒鳴りつけ、俺をにらみつけた。

「……はい、音丸師匠です」

「自分の師匠に師匠とつけるやつがあるか！　自分の師匠は音丸と呼ぶんだよ。女房が亭主の名前を他人に言う時、うちのだれだれさんがと言うか！　そんなことも音丸は教えてないのかねえ」

「は、はい、申し訳ありませんっ」

「すいません、私からもよく言っておきます」

またキャッチボール兄さんが助けてくれた。

後で文志師匠がトイレに行っているすきにキャッチボール兄さんに謝る。

「どうもすいませんでした」

「ああ、いいよ。けど気をつけろよ。文志師匠はとにかく小言が多いからな。それから文志師匠の前ではすいませんでした、とか、ありがとうございました、とか、ましたと言うなよ。過去形は江戸っ子の言葉じゃないらしいからな」

「ええっ!?　そうなんですか？」

「とにかく文志師匠は楽屋に平気で遅れてくる、上がり時間を忘れる、それでいて小言は言うわでメチャクチャなんだけど、なぜか誰も文句を言えねえんだよ。向こうの協会の師匠方もかなわねえと言ってる」

「どうしてですか？」

「ま、高座を見りゃ分かるよ」

その後、トイレから帰ってきた文志師匠に、音男兄さんがお疲れさまでしたと言ってしまって、便所に行くだけでお疲れさまと言うやつがあるか！大体お疲れさまでしたじゃないんだよ、お疲れさまです、これが正しい江戸弁なんだよ、君は誰の弟子だ！と小言を食らって、飛び上がって謝っていた。

ひとしきり小言を言ってるうちに文志師匠の上がり時間となった。先ほどのキャッチボール兄さんの言葉の意味が分かった。

この日の文志師匠の高座の演目は「火焔太鼓」。

トリの文志師匠が高座に上がっている間に、前座は着物から普段着に着替える。着替えながら耳をすます。名人と言われた小ん生師匠そっくりだ……。そう、借りていたテープでも一番よく聞いた小ん生師匠の「火焔太鼓」。場内は大爆笑。すげえ。着替えるのも忘れてしまったほどだ。

……俺は何も考えずに師匠を選んでしまったのではないだろうか。いや、それでもこの協会にいる限り、この師匠に接することができる。この師匠の落語を聞くことができる。それで充分じゃないか。最後に文志師匠の落語を聞いて一日の疲れが吹き飛んだ。これから十日間、毎日聞くことができるんだ。

帰り道、黄金町駅の階段を下りながら、音男兄さんが話しかけてくる。

「どうだ、大変だろ。やっていけるか」

「そうですねえ。でもやるしかないですし」

「お前なあ。前座修業、何年間あると思ってるんだよ」

「でもやるしかないでしょ。兄さんは俺、脅かしてやめさせたいんですか？」

「そうじゃないの！　お前のことを心配して言ってるんだよ！」

「大丈夫ですよ、俺は。なんとかやっていきますから」

「お前はなんでそう反抗するんだよ！　弟弟子だろ！　はいはいと言うこと聞けよ！」

声を荒げたかと思うと兄さんが突如怒鳴り出した。

「大体この世界はな、下は上に絶対服従なの！　お前みたいに反抗的な口聞いてると楽屋の評判が悪くなるんだよ！　だから俺はお前のその態度を直そうと思って言ってやってるんだよ！」

火がついたみたいだ。もう止められない。かなりヒステリー気味に怒鳴り散らしている。駅の階段を下りてきた客もみんなビックリしてこちらを見ている。その姿を見ながら、ますます俺は冷静になっていく。

ああ、この人も必死なんだなということが、やっと分かった。

7

その日は朝からワクワクしていた。いよいよ師匠に噺の稽古をつけてもらえるのだ。ついに落語家としての最初の商売道具をいただける。うれしくないわけがない。

昨日から買っておいたパンを食ってインスタントコーヒーを飲みながらテレビをつける。テレビではキャッチボール兄さんの師匠のムギスケ師匠がズカズカと他人の家に上がり、晩ごはんをのぞき込んでいた。

昼一時まではまだまだ時間がある。とりあえずちらかしっ放しの部屋の掃除を始めた。気分が良いと掃除もはかどる。窓をあけた。快晴、晴れ渡った空。齢は食ってるが新入社員の気分だ。三十分前、着物をかばんに詰め込んで家を出た。

自分が住んでいるアパートから歩いて三分くらいの場所にある音男兄さんのアパートに行く。

「おはようございます」

「おう、入れよ」

キチッと掃除が行き届いた部屋。俺の部屋とは大違いだ。

「兄さんはいつも部屋をきれいにしてますね」

「当たり前だろ。噺家ってぇのはな、身近なところからきちんとしとかなきゃダメなんだよ」

「そりゃそうですけど……」

それにしても、と思う。あまりにもきれいすぎる。チリひとつない。先日のヒステリーでうすうす気づいてはいたが、かなり神経質な人なんだなと思った。

「のんびりしてないでそろそろ行きましょうよ、兄さん」

「そうあせるなよ。一時に来いと言ってたろ。まだ十五分もあるよ。何かお前、はりきってんな」

「そりゃそうですよ。噺を教えてもらえるんですから。兄さんの方は噺を上げてもらえるんでしょ。うれしくないんですか」

「うれしくないよ。ゆううつだよ。お前はいいよなあ、今日は教わるだけなんだから」

「とにかくもう行きましょうよ」

気乗りしていない兄弟子をせかすようにして部屋を出て、師匠宅へ向かう。

「おはようございます」

元気よく二人であいさつしながら玄関の戸をあけた。奥からおかみさんの声がする。

「あら、もうみんなマンションの方に行ってるわよ」

……ええ、そうなのか？　こりゃヤバい。急いで稽古部屋と呼ばれている師匠が所有する近所のマンションの方に行ってみる。

「ほら、だからもっと早く来なきゃダメだったんですよ」

「うるせえな。それにしてもマンションの方で稽古するんだったら、最初から師匠もそう言ってくれよな」

　エレベーターのないマンションの四階まで息を切らせながら一気に駆け上がる。おそるおそる部屋に入っていくと、師匠と兄弟子二人が稽古の真っ最中だった。

　師匠を前に二番弟子の音助兄さんが、師匠を目の前にして真っ赤な顔で落語を演っている。どうやら以前に師匠の噺を聞いて、今度は師匠の前で披露しているところらしい。

「厩火事」だな。途中から聞いたがなんとなく分かった。入門する前、さんざん図書館で借りて聞きまくったテープの中に、この演目もあったからだ。

　しかし音助兄さんの落語は、そのテープで演じていた師匠の枯れた名人芸のような味わいはなく、かなりドタバタしてつっかえていた。やはり自分の師匠の目の前、ましてや弟子たちに囲まれていれば、そりゃ緊張もするだろう。

　ほとんど目を伏せて身じろぎもせずにじっと聞き入る師匠。

　汗をかきツバを飛ばしながら必死に音助兄さんは演っている。元野球部の主将だった音助兄さんはデカイ身体を丸めながら、ガルルルッガルルルッとしゃべっている。まるでブレーキの壊れた自転車で崖から必死でハンドルを切りながら転げ落ちていくようだ。いよいよ下げに入ろうとしている。一段と兄さんの噛み噛み口調にも力が入った。

「お、お前さん、そんなにあたち、いや、あたしの身体がし、心配なのかい。あっ、たりめえじゃあねえか。お前にけ、怪我でもされてみろい、明日からあ遊んでて、め飯が……￥＄＆＃％！」

「な、何だあ！」

思わず目を見開く師匠。最後の一番肝心な下げの部分を意味不明の言葉で締めくくった音助兄さん。俺には下げのセリフがズドドドドド、と聞こえた。ドッと笑う一同。音助兄さんの落語のおかげで部屋中に重くのしかかっていた緊張感がサーッと解けた。

ひとしきり笑いが落ち着いた後、いろいろと師匠が口調、所作を注意し始めた。かなり厳しい。実際に目の前で実演して見せた。女性のしぐさなどは、さすがに歌舞伎が好きなだけに形がきれいだ。まさにこれが名人芸なのだろう。

その後に三番弟子の音若兄さんは涼しい顔でサラッとつっかえることもなく「看板のピン」を演ってみせた。師匠に口調も似ている。淡々と誇張することなく演るところもそっくりだ。

じっと聞き入っていた師匠は、満足そうにうなずいたかと思うとこう言った。

「さっきの音助より数段良いじゃないか」

すごいことを言うな、と思った。音助兄さんは音若兄さんの兄弟子だ。弟弟子たちの前でそれはないと思った。屈辱以外の何ものでもない。ただ当人の音助兄さんはすいませんすいませんと真っ赤な顔をして汗をふいている。

いくつかの言い回しを注意しただけで、音若兄さんには、今度の俺の地方の独演会の前座で今日のネタを演ってみろと師匠は言う。音若兄さんは平然と答えた。

「あれ、私、その会、頼まれてましたっけ？」

「おいおい、しっかりしろよ、お前に頼まなきゃ誰に頼むんだ」

師匠と音若兄さん二人だけが笑う。他の弟子たちはキョトンとしたままだ。何か師弟というよりも仲の良い親子のように見えた。

前日に六区演芸場の楽屋で音若兄さんの高座を見ていた先輩前座同士の会話を思い出した。

「音若兄さんは音丸師匠にハマってるからなあ。見ろよ、高座もソックリだぜ」

「音丸師匠の独演会の前座、ほとんどこの兄さんなんでしょう」

ハマるという言葉は可愛がられるという意味だということを後に知った。

音若兄さんが終わったらいよいよ俺の番だ。

「音郎には『道灌』を教える」

やった！と思った。「道灌」、談治師匠も自らの著書の中で我が一門にはまず最初に「道灌」を教えると書いてあったからだ。

何か本格的だな。自分が演るわけではなく今日は聞くだけなのに、なぜか武者震いがした。

昔は三べん稽古といって、師匠が弟子の目の前で一日に一回ずつ三日間落語を演じて、それを聞いた弟子が四日目にそのネタを師匠の前で披露し、いろいろな箇所を注意してもらってから高座で演じるということがおこなわれていたらしい。ところが現代は録音する機械があるし、師匠の方も三回もネタをやる時間などない。ほとんどの一門がカセットテープに録音して、それを覚えるといった形になった。もちろんこだわって三べん稽古でしかネタを教えない一門もある。

俺の目の前で師匠は「道灌」を演じてくれた。師匠も演るのは久々らしく、かなり間違えたり忘れたりしていたが、それでも言葉の重みが兄弟子たちとはまるでちがう。目の前で聞いていると緊張してほとんど意味が分からなかった。所作もほとんど記憶できない。ただ、ちゃんとカセットテープに録音できるか、それだけを気にしていた。

「ああ、かどが暗えから、ちょうちん借りにきた」

師匠が「道灌」の下げの言葉を言い終えた。

「ありがとうございました」

頭を下げ、カセットデッキの停止ボタンを押し、巻き戻す。確認で再生ボタンを押す。

ブチッ。キュルキュルキュル。ガチャ。

「……ななはさけともやまふきの。おい、はっつぁん、いくらかなで書いてあるからと言っても……」

よかった。ちゃんと録れているようだ。

もう一度、深々と頭を下げた。

「ありがとうございます」

なぜか最後が音男兄さんだった。

もう半年前に「新聞記事」というネタを教わったらしい。ところがこの十五分のネタがいつまでたっても覚えられない。この日もつっかえながら途中で噺を忘れてしまって、師匠や兄弟子に助け舟を出してもらいながら、なんとか演じきった。師匠は音男兄さんにとにかく自信を持って高座でやれ、高座で度胸をつけていけとアドバイスした。

二ツ目の音助兄さんと音若兄さんは師匠と一緒に師匠宅へ、音男兄さんと俺は六区演芸場の夜席へ急いで向かった。

「俺、大丈夫かなあ。これから先、不安だよ」

強気で偉そうに威張っている音男兄さんが珍しく弱音を吐く。

「どうしたんですか、兄さんらしくもない」

いつもは腹が立ってしょうがない兄弟子だが、さすがにこの日は気になった。しかしこの兄弟子の不安は的中する。


六区演芸場夜席の始まり時間ギリギリの五時に飛び込んだ俺たちを待っていたのは、鬼のような形相をしたキャッチボール兄さんだった。あと三ヶ月でいよいよ二ツ目に昇進できるとあって普段は機嫌も良く、それほど厳しくもない温和なこの兄さんが、茶色に染めた髪を逆立てるくらい怒りまくっている。

「おい、お前ら、ちょっと夜席始まる前に裏に来い。おい、ひよこ、お前も来い」

ひよこ姉さんも裏に呼び出された。ガリガリにやせた体型、オカッパ頭にド近眼メガネと風貌からして普通でないこのひよこ姉さん、なんとかして落語家になりたい、その一心でうちの師匠をつけ狙い、連日寄席の楽屋出口で待ち伏せし、とうとう師匠宅にまで乗り込んだという経歴を持つ。そこまで追いかけられて、師匠も女の弟子を取るのも悪くはな

いかと思い始めたのだが、師匠のおかみさんの、

「あ～、あの子はダメよ」

の一言で入門を断った。それでもメゲないひよこ姉さん、六区演芸場でアルバイトを始め、演芸場の社長に泣きついて口を利いてもらい、ついに龍曹師匠に弟子入りしたのである。まさに執念で落語家になれたまではよかったのだが、もう入門して一年になるのにネタは一つしか覚えていない。二本目のネタを覚えたら一本目のネタを忘れてしまうと悩んでいるのだ。要するに脳の許容量がネタ一つ分までしかないらしい。そのたった一つの落語も聞く者を不安にさせる。こういうひよこ姉さんのような人間も入門してくるところが、落語芸能協会の奥深さというか、すごいところだと思う。

楽屋裏へ呼び出されたひよこ、音男、俺の哀れな三人。

バシッ！　バシッ！　バシッ！

有無を言わさぬキャッチボール兄さんの平手打ち三連発。

「今日はな、うちの協会始まって以来の大しくじりがあったんだよ」

怒りに身を震わせながら兄さんが言う。

「俺は昨日からな、もう二ツ目が近いってんで、珍しくうちの師匠のムギスケが地方の営業に連れて行ってくれたんだよ。今日羽田に帰ってきたのは十二時半だ。だから今日の昼

席開始の十二時には楽屋入りできないから、昼席の前座はちゃんと人数を確保しといてくれと、前座のスケジュールノートにも書いておいたんだ。お前らちゃんとノート見てんのか！　それとも字が読めねえのかよ！」

こぶしを握りしめている。次にはあのこぶしがきたらイヤだな。我慢できる自信がない。

「俺が楽屋に入ったのは一時半だ。そしたらよ、信じられない光景を見たよ。前座が誰もいねえんだ！　若手真打の銀なん師匠が太鼓叩いて、もうすぐ真打の龍塔兄さんがお茶出しして師匠方の着物をたたんでるんだよ。俺は立前座としてこんな恥ずかしいことはなかったよ。結局、他の兄さん方にも手伝ってもらって、昼席の前座は俺一人で務めたよ。夜席の前座たちは全員勝手に営業の仕事に行っちまうし、大体、お前ら三人今日は昼席じゃねえか。それをてめえらの都合で勝手に夜席に替えやがって！　今日のしくじりのせいで俺の二ツ目昇進が遅れたら、てめえらのせいだからな！」

そろそろ夜席が始まってしまう。それに気づいたかキャッチボール兄さんは、

「おい音男、お前、今日高座に上がれ」

「えっ、ええっ⁉」

飛び上がるように驚き、うろたえる音男兄さん。

「あ、あの、けど今日師匠にネタを上げてもらったばかりですし……」

「上げてもらったんだろ。じゃ何も問題はねえじゃねえか。お前、楽屋に入って何ヶ月たつんだ。いい加減高座に上がれよ！　甘えてんじゃねえぞ！」

「……はい」

「それから、ひよこ」

「はいっ」

今度は矛先が自分に向けられビクッとするひよこ姉さん。

「お前は評判悪すぎるんだよ。高座も楽屋も。この前も大南師匠の大事な黒紋付の着物にお茶をこぼしたろ。あいつがいるだけで楽屋がメチャクチャになる、師匠方からそう言われてるんだよ」

見る見るうちに大粒の涙を流すひよこ姉さん。キャッチボール兄さんはそんなひよこ姉さんを一瞥した後、前座部屋に入って帰り支度を始めた。俺はというと、いくらいじめられてもひよこじゃ白鳥になれないなあ、でもニワトリになったらそれこそトリをとれるんだろうか、などと下らないことをぼんやりと考えていた。

一方、音男兄さんの方は楽屋の師匠方に、

「お先に勉強させていただきますっ！」

と、こわばった顔であいさつをして、肩を落としてうつむきながら、まるで絞首刑台に向かうような雰囲気で高座に上がって行った。夜席が始まったばかりだというのに、演芸場の客席はほぼ満員。場内は良い雰囲気だ。初高座としては申し分ない。

兄弟子の初高座の様子が気になったが、一番下の前座はお茶汲みから靴の出し入れなどやることは山積みだ。かまっていられない。

そのうちに客席からドカーンという笑い声が上がった。少したって、またドカーン。

楽屋で次の出番を待っている金満師匠が、

「ああ、こりゃウケてる笑いじゃないな。笑われてるんだろ。トチッたりしてるんじゃないか」

とニヤニヤしながら言う。まさにその通りだった。あれ、忘れちゃった、あれれ、また噺が戻っちゃった、などと言い、そのたびに客席からドカーンと笑いが上がる。後から楽屋入りした音助兄さんがついに見かねて、お、おい、音男、いい加減にしろっ、と真っ赤な顔をして高座に出てきて、音男兄さんの首根っこをつかんで高座から引きずりおろした。最後のその場面がクライマックス。その日一番の笑いだったかもしれない。こうして音男兄さんの初高座は幕を閉じた。

その日の音男兄さんの落ち込みようはひどかった。気の抜けた顔つきのまま、前座仕事をこなす。何を言っても生返事。ひよこ姉さんも目を真っ赤に腫らしたまま、相変わらずあちこちにお茶をこぼしたり、ゴミ箱に蹴つまずいて楽屋にゴミを撒き散らしたりした。もうメチャクチャだ。俺の方が泣きたくなった。こんな前座生活があと何年続くんだろう。

京急電車一本で浅草から横浜までたどり着く。その車内で音男兄さんは一言も喋らなかった。何かこういう時になぐさめるのも弟子としてはどうかと思ったので、ずっと黙っていた。さすがに耐えきれなくなったので、途中、

「大丈夫ですよ、これから慣れますよ」

その後、ウケてたじゃないですかと言おうとして、さすがにその言葉は飲み込んだ。笑われると笑わせる、どちらもお客さんは笑っているのだが、どうしてこうも……。

長い沈黙を抱えたまま、電車は横浜駅の先、黄金町駅に着いた。

「俺、ちょっとコンビニに寄ってから帰るわ」

「そうすか、じゃ先に帰ります。お疲れさまでした」

そう言って先に歩き出した。少し歩いて後ろを振り返ると、音男兄さんはトボトボ下を向いて歩いていた。だんだん距離が広がっていく。ただ俺はどうすることもできないのだ。そう、俺だって反対の立場だったら下手になぐさめてほしくない。

不意に怖くなった。今日やっとネタを教わったのだ。俺の初高座の時はどうなるのだろう。俺こそこれからどうなっていくのだろう。アパートに戻り、クタクタだったが、銭湯

に行く。身体の方はすっきりと汗を流したが、心の方はすっきりしない。フトンを敷いて横になったが、ちっとも眠れない。天井を見つめていると、いろいろな考えが頭に浮かんでは消えていく。胃が痛くなってきた。こんなことは初めてだ。けど考えてもしょうがない。なるようになるだけだ。明け方、やっと眠りにつくことができた。

三日後の朝、師匠の家のポストに手紙が入っていた。

〝前略、すいません、自身がなくなりました。一周問、かんがえさせてください　音男〟

と書かれてあった。

「一週間も待つことはありません。今すぐクビです」

怒りを抑えたような口調で師匠は冷たく言い放った。そして、こう付け加えた。

「それにしても、こいつは漢字もまともに書けないんですか」

急いで彼のアパートに行ったが、もう家財道具は何もなかった。それから彼の姿を落語界で見た者はいない。

8

三月一日、一ヶ月の見習い期間を経て、ついに正式前座になった。今日から給金、ギャラが出る。ワリってやつだ。ワリに合わないという言葉はここからきてるらしい。一日中寄席の楽屋で奴隷のように働かされて、もらえるワリはたった千円。まさに労働基準法に違反している世界。横浜からの往復運賃にもならない。それでも寄席にくれば、立前座の兄さんが弁当やパンを食わせてくれる。飢え死にすることはない。

二日後の三月三日、何かその日は朝から予感がした。キャッチボール兄さんの半年後輩の一元兄さんが、この日の新宿末永亭昼席の立前座だった。普段から口数が少なく、角刈りで強面の一元兄さんが、

「お前、そろそろ、高座上がる？」

突然、俺に訊いてきた。

「ええっ⁉　いいんですか」

ついにきた！と思った。初高座だ、夢にまで見た初高座だ。三月に入ってからは初高座のことばかり考えるようになった。二月の半ばまでになんとか師匠にはネタを上げてもらっていた。毎日毎晩、アパートの部屋の壁に向かって、師匠宅の階段を掃除しながら、電

車の中で、銭湯の湯舟で、フトンの中で、ずっと繰り返しブツブツとネタをつぶやいていた。いよいよ、か。表の切符売り場にいる末永亭のおかみさんのところへ、あいさつに連れて行ってもらう。

「今日、この音郎を初高座に上げようと思うのですが、よろしいでしょうか」

一元兄さんから言ってもらう。

チラッと俺の方を見て
「はい、頑張んなさいよ」

席亭の許可は得た。これで高座に上がることができる。しかし問題があった。寄席文字の先生に書いてもらうめくりが用意されてなかったのだ。

「どうする？　やっぱり今日はやめるか」

一元兄さんが言う。その時、楽屋入りした二ツ目の平志兄さんが、

「俺、寄席文字もどきなら書けるから、書いてやるよ」

そう言って白紙の札に音郎と書いてもらった。あとは楽屋の真ん中に置いてある火鉢で乾かすだけで、簡易のめくりが出来上がった。

十一時五十分、表の売り場から開演合図のブザーが楽屋に響く。

「お先に勉強させていただきます！」

「はいよ」

「ああ、ごくろうさん」

「はい、頑張りなよ」

テテンガテンテンテン、テンドドテンドンドンド……。

前座が叩く太鼓、お囃子さんが弾く前座の上がりの三味線に合わせ、幕があいていく。

高座に上がって、おじぎをしてから客席を見渡した。平日の昼だ、客は二十人足らず、ってところだろうか。

「えー、今日は私、初高座でございまして」

ぱらぱらぱら、と拍手が起こる。

「ありがとうございます。……お笑いを一席申し上げます」

ほとんど緊張せずに「道灌」に入る。別にとちりもせず、詰まりもせず、ド忘れもしないで下げまでたどり着いた。

「かどがくれえからちょうちん借りにきた」

頭を下げる。ぱらぱらぱらと拍手を受けて高座を下りる。

「お先に勉強させていただきました」

「はい、ごくろうさん」

「お疲れさま」

こんなもんかな、と思った。胃が痛くなるほど、毎日悩みながら稽古していたのがウソのようだ。わずか十分足らず。記念すべき初高座が終わったからといって特別な待遇があるわけではない。高座を下りれば、また一番下っ端の前座としての仕事が待っている。夕方、昼席が終わり、さすがにいつもよりは疲れたなと感じながら師匠宅へ戻る。

「師匠、おかみさん、あの、今日、末永亭さんで初高座を務めさせていただきました」

「ああ」

新聞に目を通しながら返事をする師匠。

「そう、これからだからね、がんばりなさいよ」

食器を洗いながら、背中ごしに励ましてくれるおかみさん。

やっと実感がわいてきたのは師匠宅からの帰り道だった。三月三日、記念すべき初高座の日。ついに第一歩を踏み出したのだ。やっと世の中に自分の身の置き場を確保することができた。そう、このポジションをこれから先、どれだけ大きくできるかだ。流れ流れてやっとこの場所をつかみ取ったのだ。簡単に放棄するようなことだけはできない。そう決意しながら帰途に着いた。

9

三月中席の五日目、二度目の高座に上がった。六区演芸場ではこれが初高座だ。末永亭とは全然雰囲気がちがう。夜席だったので、酔っ払いの客もいるしカップルもいる。年寄りの客たちは昼席が終わると、ドーッとクモの子をちらすように帰ってしまった。落ち着いた良い雰囲気なのが、高座に上がった瞬間になんとなく分かった。客席を見渡せる余裕もある。客の笑い声も聞こえる。やはり初高座と二回目では全然ちがった。高座の調子がいいと楽屋仕事のノリもちがってくる。大したしくじりもせず、夜席が終わった。

「おい、今日は師匠の家に顔を出すのか」

立前座の一元兄さんが聞いてきた。

「いえ、夜席が終わった後はもう遅いので、師匠の家には寄りません」

「そうか、じゃ飯食いに行くからちょっと付き合え」

「あ、あの……、はい、ありがとうございます」

誘われるのは初めてだったが、正直気が重かった。浅草から横浜までは遠い。ウカウカしてるとすぐに終電の時間になってしまう。それに前座修業中は酒はいけません、という師匠の言いつけを守って、入門以来ずっと酒はやめていた。

ま、飲まずに付き合おう、軽い気持ちでついて行った。

「とちぎや」と書かれたのれんをくぐって中に入る。

「おう、いらっしゃい」

威勢のいい店主の声がカウンターから聞こえてきた。前座連中がよく来る居酒屋のようだった。

メンバーは一元兄さんとひよこ姉さん。一元兄さんは三十一歳、ひよこ姉さんは二十八歳。二人とも二十七歳の俺より年上だ。今いる前座はほとんどが二十代半ば、そう、今のご時世、十代でこの世界に入ってくる方が珍しいのである。

「おやじさん、生三つね」

一元兄さんの声が店内に響く。

「はいよ。やっぱり噺家は声がよく通るね」

そういう店主の声もよく通る。

「あ、あの兄さん、私、ちょっと酒は……」

「何だ、身体でも壊してるのか？」

「いえ、そういうわけでは……」

「飲めないわけじゃないんだろ」

「はあ。それほど強くもないですが……」

「じゃ、いいじゃねえか。この前の末永の初高座と今日の浅草での高座のお祝いだ」

「いや、うちの師匠に前座時代は飲むなと……」

「関係ねえよ。これから四年間、飲まずにいられるわけねえじゃないか」

「そうよ。音丸師匠には黙っといてあげるから」

ひよこ姉さんが追いうちをかける。

葛藤している自分の前にドンと置かれた生ビール三つ。ゴクリ、と喉が鳴るのが自分でも分かる。

そうだよな、四年間も禁酒できるわけがない。今は夢中だからいいが、飲まなきゃやってられない夜もあるだろう。そんな時、果たして我慢できるだろうか。

「ほらほら、ジョッキ、持って持って。ほら、音郎、お前が音頭とれ」

ええい、考えててもしょうがない。せっかく祝ってくれるんだ。

「ありがとうございます。これからもよろしくお願いいたします。カンパーイ！」

ぐーっとジョッキをかたむける。くーっ、うまい。喉に腹にビールがしみこんでいく。

二ヶ月ぶりの酒だ。

あー、これだ。このために生きているんだ。そうだよ、すっかり忘れてた。あっという間にジョッキのビールを飲み干した。

「すいません、兄さん、二ヶ月ぶりの酒なもんで」

「おう、いいよいいよ。おやじさん、こっち中生追加一つ。その代わり、もうちょっと落ち着いて飲め」

そうは言われてもゆっくり飲んでもいられない。せきを切ったように次々とジョッキ、グラスを空けていく。

俺の勢いに煽られるかのように一元兄さんもひよこ姉さんも杯を重ねていく。やたらみんなのピッチが早い。気がつけば三人ともかなりの酔っ払いと化していた。

「あのね、私はね、音丸師匠の落語をラジオで聞いてから、あのね、聞いて勇気づけられたにょよ。あの頃、職場でずいぶんと、な、悩んでいたから〜」

「え〜、ひよこねえ〜しゃん、お、音丸の落語のどこに、ゆ、勇気づけりゃれる、っていうんでしゅかあ」

「うるさい！　あんたには分からないんだよぉ、音丸師匠のす、す、すごさがあ」

「音丸し、師匠のすごさって、そりゃ気持ちは分かりましゅけど、ねえさんは今、龍曹師匠の弟子でしょお」

突然、ひよこねえさんが泣き出した。かなり泣き上戸のようだ。

「こらあ、音郎、ひよこを泣かすなあ！　こいつは泣き出すとしつこいんだから」

鼻水とよだれをたらしながら、おいおいとひよこ姉さんが泣いている。テーブルにボタボタこぼれ落ちた姉さんの液体がこちらに流れてきそうになったので、あわてておしぼりで拭いて、ひよこ姉さんには楽屋仕事や高座で使っている手ぬぐいを渡す。

「あ、ありぎゃとおお、音郎さんは、や、や、やさしいのねえ」

さりげなく無視して、一元兄さんに言った。

「あ、あにさん。俺、思うんですけど……、何か社会の落ちこぼれたちが行くところがなくて、落語界に入ってきたような、いや、お、俺がそうなんすけどね……」

「バカやろう！　そうじゃねえよ！」

一元兄さんがテーブルをドンドン叩きながら、叫び出した。

「いいかあ。俺たちはなあ、俺たちはなあ！」

「俺たちは何なんですか、兄さん」

「俺たちはなあ、選ばれし者なんだよ！　だからそう肝に銘じて修業しなきゃダメなんだよぉ！」

なんとか十一時半の終電に乗れた。これで浅草駅から横浜駅まで特急一本で座って帰れる。ビール、焼酎、日本酒とかなりの量の酒を飲んだのだが、最後の一元兄さんの言葉が気にかかって、少しずつ酔いが醒めてきた。

　俺たちは本当に選ばれし者なのか？　確かに現在、落語界に入ってくる若者は少ない。他ジャンルのお笑いと比べるとなおさらだ。大体、落語というものを今時、どれくらいの若者が知っているというのだろう。その上、そんな特殊な世界に入ってくる者などかなりの変わり者にちがいない。

　ただ入ってみると厳しいことは厳しいが、それほど居心地が悪いというわけでもない。古典芸能というジャンルだけに世間から保護されていることも事実だ。なぜ無名の落語家が落語だけで食っていけるのだろう？　かみさんと子供を養っていけるのだろう？　前座になりたての自分には、それが大いなる疑問でもあった。結局、狭い村社会、互助会といった雰囲気でそれぞれが助け合って生きているのだろう。売れている師匠は売れていない先輩や後輩にそれなりの仕事を回したりする。やはり守られている世界なのだ。

　そんな世界に飛び込んだ自分は果たして選ばれし者なのだろうか？　俺の場合、流れ流れてここにたどり着いたのではないか？

　おい、待てよ。まだこの世界に足を突っ込んだばかりじゃないか。これからもずっと厳しい修業は続くのだ。俺が選ばれし者になればいいんだ。そうだよ、選んでもらえればいいんだ。

だんだん乗客が増えてきた。久々の酒、電車の揺れ、乗客の多さ、ぬくもりが心地よい。うとうとと幸せな眠りに包まれていった……。

お客さん、お客さん！　……えっ？　終点ですよ。　ええっ、ここどこ？　三崎口ですよ。

……三浦海岸まで来てしまった……。


酒を解禁してからは、必ず夜席がハネた後に、前座の先輩たちと安い居酒屋に飲みに行くようになった。新宿末永亭の千秋楽の後などは、前座は楽屋に残った日本酒やビールを持って、近くの花園神社に向かう。境内で終電までの酒盛りだ。

先輩後輩の上下関係はあるものの、まだそれほど強いライバル意識もなく、それぞれが目指す落語家像などをほろ酔い気分で語りあったりする。

ただこれから先、もう落語ブームなど来ることはないだろうな、というのがみんなの共通した意見だった。自分たちも含め、お笑い界のスーパースターになるような逸材は今現在、落語界にはいないし、この先も現れないだろう、いつもそんな結論に到達した。

昔、落語界が華やかだった頃に全盛期だった師匠方がうらやましいよなあ、だから今でも楽屋で威張っているんだよな、そんな妬みと愚痴が口をついて出てくると、そろそろ終電の時間だ。皆、楽屋での前座仕事で心身ともに疲れきって、考えがネガティブになってしまうのだ。いつものようにしらけた雰囲気の中、おひらきとなる。

一人、品川行きの山手線にかけ込むが、そんな暗い気分でも、帰りも行きと同様、落語をブツブツと稽古してしまう。習慣とは怖ろしいものだ。

一字一句間違えずに「寿限無」を憶えて、それが何になるのだろうか？　それが落語という笑いのジャンルの原点なのか？　そんな考えが頭に浮かぶが、振り払うには稽古しかない。

俺はこれから先、一体どんな落語家になれるんだろう？　帰り道、酔いがだんだん醒めてくるとたまらなく不安になったりもする。ただ前座修業に必死で、いつまでもそんなことを悩んでいるヒマがなかったのが救いだったのかもしれない。

10

その日の六区演芸場の楽屋は、いつもとまったく様子がちがっていた。足元にはケーブル線があちこちにちらばっていて、つい足を引っかけてしまいそうになる。また、普段は演芸場の楽屋には縁のないような人たちが、やたら忙しそうに動き回っていた。楽屋のあちこちに山積みされた機材や弁当が置かれている。

今やテレビではめったに寄席中継などされなくなってしまったが、それでもＪＨＫ放送が年に二回、春と正月に中継放送をする。その春の番組が今日、ここ六区演芸場からおこなわれるのだ。

協会にも所属していないし、めったに寄席など出ない漫才や奇術の人たちが二階の楽屋を占領して、衣装に着替えてメイクをしてもらっている。普段、寄席に毎日出ているような色物の芸人さんたちは、テレビ中継の時間帯は舞台に上がることができない。結局は全国的に名の知れ渡った漫才コンビなどが、テレビで芸を披露することができるのだ。

落語界では数少ないテレビのスター、音丸が楽屋に入ってきた。とたんに楽屋内が緊張感に包まれる。その針金のような身体から威厳と風格をピリピリと発振させている。まるで雷の落ちた避雷針のようだ。今日テレビで落語を披露するのは、うちの師匠の音丸と文志師匠の二人だけである。

音丸に続いて文志師匠も楽屋に入ってきた。いつもは出番ギリギリか平気で遅れてくる文志師匠も、テレビ収録となるとさすがにちがう。時間通りの楽屋入りだ。音丸同様、ＪＨＫスタッフにうながされて二階に上がっていった。

楽屋はごった返しているが、その合間をぬって師匠方にお茶を出す。おそるおそる二階にもお茶を運んでいった。文志師匠がメイクをされてる最中にもかかわらず、音丸相手にわーわー喋っている。

「大体ね、正しい江戸弁、標準語を使えるやつがいなくなったんだよ。この前なんかＪＨＫのアナウンサーがなまってるんだからね」

ＪＨＫの番組に出してもらっても容赦ない。うちの師匠はというと、そうだ、まったくだ、と気のない返事を繰り返しながら鏡を見つめ、やたら髪型を気にしている。

「浜っ子金蝿だっけ？　あのいかれた連中がテレビに出て、あーじゃん、いーじゃんって言ってるうちに全国の若いやつらがそーじゃんって言うようになったんだよ！」

もちろん横浜在住の師匠にも容赦しない。何でもかんでもぶった斬る文志師匠だ。

「な、君もそう思うだろ？」

いきなりこちらにふられて、思わず運んできたお茶を引っくり返しそうになった。

だってあいつら、革じゃん、着てるじゃん。

心の中でつぶやきながら、そっとお茶を置いて部屋を後にした。

中継前のリハーサルが始まった。テレビ用の照明がつくと舞台が明るくなる。まぶしいほどだ。二ツ目の兄さんが出てきて前説を始める。観客の拍手の練習が終わって、いよいよ中継本番だ。

「高座返しはどの前座さん？」

ディレクターが前座連中に尋ねてくる。

「あ、こいつです」

一元兄さんが俺を指さした。

「ええっ⁉　いいんですか、兄さん？」

普段楽屋で太鼓を叩いたり、ネタ帳をつけるだけの立前座もテレビ中継になると、おら、どけよと言って、高座返しにしゃしゃり出ることが多いらしい。ただその気持ちもよく分かる。やはりなんだかんだ言ってもみんなテレビに出たいのだ。一瞬でも映りたいのだ。なんのためにこの世界に飛び込んで苦労しているんだ。みんな少しでもより多くの人が見ている舞台に上がりたいのだ。テレビとはまさに不特定多数の客がブラウン管の向こう側にいる世界なのだ。

カッコよく俺に高座返しを譲った兄さんだが、一瞬後悔の念がその表情から垣間見えた。だが、

「高座返しでテレビに映ったってしょうがねえだろ」

自分に言い聞かせるように兄さんはそう言った。

舞台では動きの激しい中堅漫才コンビが、ドタバタと闘牛のコントで場内を爆笑の渦に巻き込んでいた。テレビ受けする派手な動き、漫才ブームの頃にはテレビに出ずっぱりだったコンビだけに、中継はお手のものだろう。

拍手と歓声の中、舞台を下りてきた漫才コンビと入れ違いに座布団を持って出て行く。ズラッと並んだテレビカメラ、真ん中のカメラは赤いランプがついている。

あれか、あのカメラが俺を映しているんだ。意識すると急に顔と身体がかたくなった。固まっていくのが自分でも分かる。ギ、ギ、ギ……。まるでロボットになったようだ。カチコチのまま、座布団をなんとか置いてそさくさと舞台袖に戻った。入れ違いにひょうひょうと文志師匠が出て行く。座っていつもの第一声、

「あ、どうぞ、おかまいなく」

そのセリフだけで、どかーんとウケた。楽屋に戻った俺もその笑い声でやっと我に返った。初高座とはまたちがった緊張感だった。あれがテレビカメラの魔力なのか。スーッと意識がすい込まれて石になってしまったようだった。

文志師匠の後はうちの師匠の高座だった。いつもの大喜利ではなく、テレビで落語を披

露した師匠はゴキゲンだ。横浜に戻って師匠宅に顔を出したが、大した小言もなく、解放されてアパートに帰る。

さっそく録画した中継を再生した。案の定、かたい表情でカメラをにらみつけたまま、座布団を置いて、ギ、ギ、ギと戻っていく俺。着物を着た自分を見るのは妙な気分だった。それでも、自分を再確認できた気がしてうれしくなった。なんだよ、俺も頑張ってるよな。これからも頑張って続けるんだぞ。ブラウン管の中の自分を、そう励ましてやりたくなった。

その夜、彼女から速達のハガキが届いた。

〝おめでとう　わたしも見たよ　カメラ目線だったね〟

彼女も俺が頑張っていることを理解してくれている、そう思うとうれしかった。

11

「やめるんならあんたも今のうちだよ」

近頃、口癖のように師匠が言う。これは励ましの言葉であることは分かっていた。それでもいつの間にか師匠の家の朝のゴミ出し、掃除と雑用をこなさなければならないようになった。おかみさんが足を怪我してしまい、重い物を持てなくなってしまったのだ。前座の弟子も一人になり、師匠の接し方もだんだん厳しくなってきたようにも感じる。

それにしても、と思う。やはり職を転々としてきた音男兄さんはヤメ癖がついていたんだろう。そうだよ、俺は意外としぶといんだ。簡単にギブアップしてたまるか。とはいえ、前座修業はまだ半年しかたっていない……。

彼女にも会えない日が続いていた。土日は必ず仕事が入る。師匠のかばん持ちで地方回りだ。彼女は普通のOLなので、土日しか休みはない。日程が合わない。くたくたになって東京の寄席から横浜のアパートに戻る。

電話をしない、いや、できない日もあった。自分の部屋には電話がない。外の公衆電話から向こうにかけるだけ。疲れて話が弾まない。ケンカになってしまうこともある。だったら話さない方がいいと、だんだん電話をかける回数が減っていった。毎晩かけていたのが二日に一度、三日に一度、ついには一週間に一度になった。電話をかけるのがノルマのようになり、重荷になっていったのかもしれない。

七月中席の千秋楽。七月二十日。朝、寄席に行く前にこの日が自分の誕生日だったことに初めて気づいた。もう二十八になってしまったことよりも、誕生日を忘れていたのに驚いた。こんなことは初めてだった。本当に無我夢中でこの半年間突っ走ってきたんだなあと思いながら、師匠の家に行き、いつものように玄関から部屋と掃除をすませ、寄席に行く。もちろん楽屋でも祝ってくれる人などいるわけがない。というか俺の誕生日を知っている人など落語界にいるわけがない。夜、横浜の師匠の家に戻って、師匠宅の掃除をすませてから、アパートに帰る。

昨日から今日にかけて、彼女にも電話しなかった。俺の部屋には電話がないのだから、向こうから連絡のとりようもない。きっと一人で飲み歩いて電話するのを忘れてるんだろう、そう思って怒っているにちがいない。今日はさすがに電話しなきゃ、けどまずは部屋に戻って一息ついてからにしよう。そう思いながら玄関にたどり着く。

ポストに小包が入っていた。彼女からだ。部屋に入り、包みをあける。好きなパンクバンドのトリビュートアルバムだ。ロックに縁のない生活を送っているだけにうれしい誕生日プレゼントだ。手紙が添えられていた。こちらも封をあける。

シンゴへ

誕生日おめでとう！　いよいよ二十八才だね。今はつらくても、これからきっといいことが待ってるよ。負けずにがんばって！

それから、私たちのことなんだけど……、いろいろ一人で考えたの。これからは私もがんばっていこうと思うんだ、一人で。今のままじゃシンゴも大事な修業に専念できないだろうし、足手まといになるのもイヤ。

私もがんばるから。

これから数年後のシンゴの活躍を信じてます。

七月二十日　　さゆり

青天の霹靂だった……。ふざけんな、ちくしょう！　誰が電話なんかするもんか！　手紙をくしゃくしゃにしてゴミ箱に放り投げた。

……だんだん不安になってきた。本気なのかもしれない。もしかして他に男ができたのか？　いてもたってもいられなくなった。

外に飛び出して公衆電話から電話をかける。出ない。今は八時半だ。まだ帰っていないのか。さあ、それからは三十分ごとに電話をかけに行く。出ない、まだ出ない。とうとう十一時を過ぎた。あと一時間で俺の誕生日も終わってしまう。あと十分で二十一日になるという十二時十分前、やっと彼女が出た。

「あ、もしもし！」

「……はい」

「俺だけど」

「………」

「届いたよ、ＣＤありがとう。手紙も読んだ」

「……そう」

「うん。どういうこと？」

「書いてあるとおりよ」

「そんな急に手紙で、いきなりさ……」

「だって、全然電話でもここ数週間、まともに話してくれなかったじゃないの」

「それは謝る、本当にゴメン。悪かったと思ってる。だから……」

「もう遅いの。決めたから」

「ちょ、ちょっと待ってよ、そんな大事なこと。分かった、じゃ、今からそっち行くから。ちゃんと話し合おうよ。誰かいるわけじゃないんだよね」

「うん、一人」

「分かった、じゃ行くから」

急いで部屋に戻り、金をかき集めてアパートを出た。目の前の通りでタクシーを拾う。

何とも言えない不安な気持ちを抱えたまま町田へ向かった。

久々の彼女との再会。だが、今までに見たことのない彼女の顔と態度に戸惑った。まさにとりつく島がない、といった雰囲気だった。

落語家になると言ってシンゴがここを飛び出した時点で、二人の関係は終わっていた。本当に続けていく気があったのなら、師匠にも私のことを紹介してくれたはずだ。実は終わりにしたかったのはシンゴの方じゃなかったの？　この部屋で一人で電話を待ってるのがどれほどつらかったか。もうそんな生活は終わりにしたい。あと三ヶ月くらいたったら私もこの部屋を出て行く。終わりにしましょう。あなたも落語の世界で頑張って。

まったく感情的にならず淡々と話す彼女に、こちらもスーッと気持ちが醒めていくのを感じた。

分かった、出て行くよ、突然おしかけてきてゴメンね。団地の部屋をあとにした。もちろん、帰りのタクシー代の持ち合わせなどない。トボトボと歩いて四十分、町田の駅前に着いた。駅前のベンチで始発まで過ごす。ベンチに腰かけて始発を待ちながらボンヤリと考えていた。

彼女はロックミュージシャンを目指している俺が好きだったんだ。たとえデビューできなくても、身近にいる俺を支えていたかったんだ。それが落語という彼女からすれば理解不可能な世界に飛び込んでしまっては、心が離れてしまうのは当然だろう。イギリスの方が落語界よりも彼女には近い世界だったのだ。

なぜ師匠の家を初めて訪れた時に正直に言わなかったのだろう？　今、同棲している彼女がいます、いや、むしろ結婚しています、と。それくらいのことを言えば、特別に配慮してくれて町田から通うこともできたのではないか……？　けど、あの時はそんなことを言える雰囲気ではなかった。自分から条件を出すなんてとんでもない。余計なことを言って入門を断られるのが怖かったのだ。

本当に大事な、そう、一番大切な人だった。そのことに気づいた時はもう遅かった。

不意に涙がボロボロ流れてきた。

でもやめられないのだ。もう始まってしまったのだから。あの、自分が何者でもない虚しさに覆われた日々だけは、もうゴメンだ。後戻りできるわけがない。

承

——クビだと言われても——

1

めげているヒマはない。落ち込んではいられない。前座は一日も休みがないのだ。多忙な日常を無我夢中で送っていたのが幸いしたのかもしれない。逃げ出すこともなく、横浜と都内の寄席を往復する日々を重ねていった。

そんなある日、ちょっとした事件が起きた。楽屋は精神病院の待合室みたいなものだと言う人がいたが、本当にそんなことがあったのだ。

ある日の午後三時過ぎ、上野の吉川ホールの楽屋に突然、四十代後半とおぼしきおばさんが入ってきた。部屋の真ん中にちょこんと座る。誰のお客さん?と、楽屋一同首をひねっていたが、突然、大きな声で歌い出したのだ。

こころのひ〜か〜り〜、みこころ〜の〜、ふ〜ね〜がでていき〜、みおくる〜おんな〜あなた〜は〜わたし〜、むしぱん〜ふた〜つ〜

幼児が歌うようなワケの分からない歌を堂々と歌っている。こんなおばさん、出演者にいたっけ？　意を決したかのようにある師匠が尋ねた。

「おばさん、あんただれ？」

「は～い」

「ここどこだと思ってんの？」

「わたし、順番待ってる」

財布から出したカード。湯島精神病院診察券と書かれてあった。

「……おばさん、ここ病院じゃないよ」

「そんなことない！　ここ病院」

「病院じゃないって！　ほら早く出ないと診察始まっちゃうよ！」

「ええっ、診察っ診察う」

そう叫ぶやいなや、楽屋を飛び出してどこかへ行ってしまった。


「大方、病院から逃げ出したんだろう」

「いや、あれは通院患者、入院はあんなもんじゃないよ」

「そうなんだ、やっぱり入院してた人は言うことがちがうねえ」

「よせよ、おい。やっぱり楽屋は病院と同じ空気が流れているんだな。それで引き寄せられたんだろ」

楽屋のみんなはそう言い合って笑った。それでもホッとしたような空気に包まれ、何事もなかったかのようにそれぞれが順番に診察、ではなく、高座に上がっていった。

2

「悪いな、いそぐんや。わし、この後、ジャパン放送のディスクジョッキーがあるさかい。そういえばキミ、堺出身らしいな。ガラ悪いとこや、ろくなとこやないで、ほんま」

軽快な口調で高座から降りた亀光師匠が話しかける。そう、この師匠はラジオのレギュラーがあるから、昼席に出演した後は必ず急ぐのだ。急いで着物をたたんで、かばんに詰め込む。

「ほな、おおきに。わんばんこー」

昼なのに夜のあいさつをして、楽屋を出て行った。

亀光師匠と入れ違いにぬーっと幻右師匠が楽屋に入ってきた。女性用の靴、スキンヘッドの頭はスカーフで覆われている。首にはニセ真珠のネックレス。つるんとした顔、ファンデーション、眉も書かれている。うっすらと口紅。背中にしょった女物のリュック。中に着物が入っているとは誰も思わないだろう。完璧に巣鴨あたりにいるおばさんのファッションだ。

音丸と一緒に音丸の師匠である麦丸師匠の家にあいさつに行った時、幻右師匠の話題が出た。麦丸師匠と幻右師匠は兄弟弟子という間柄である。麦丸師匠のおかみさんがため息をついて、こう言っていたのを思い出す。

「幻右さん、齢取ってとうとうおばあさんになっちゃったね」

齢取っておばあさん……？　おじいさんじゃないのか？　楽屋入りしてその意味が分かった。初めて幻右師匠を見た時はさすがにギョッとしたが、すぐに慣れた。女装が趣味だったら仕方ない。この世界は人に迷惑をかけなければ、何をしてもいいのだ。文志師匠みたいにのべつ遅刻をして、平気な師匠もいる。それに比べたら女装くらいどうってことはない。

つるんとした顔に描かれたメイクとスキンヘッドの頭がなんともユーモラスだ。それでも高座に女装姿で出るわけではない。ちゃんと着物姿で上がり、漫談を演る。そりゃ最前列の客は「あれ？　メイクしてるの？」と思ったりもするだろう。それとてさほど気にはならないにちがいない。なにしろ高座での漫談が面白く大爆笑を生む。要するに高座がウケればほとんどのことは許される、そんな世界なのだ。

音助兄さんが前座だった頃、幻右師匠が着替えを終えて帰る時、立ち上がった幻右師匠のニセ真珠のネックレスがはずれて下に落ちた。音助兄さんがダーッと駆け寄り、ニセ真珠のネックレスを片膝ついてスキンヘッドの幻右師匠にさし出しながら、こう言い放った。

「師匠、じゅずが落ちましたぁ」

楽屋が凍りついてしまったエピソードである。あの兄さんらしいよなあと、ふと思い出してニヤニヤしていたら、背後から立前座の一元兄さんの怒鳴り声がした。

「おい、このくし、誰のだ？」

ええっ？　くしっ……、誰か忘れていったのか？　あせってうろたえる俺の目の前には、静かにお茶を飲んでいるスキンヘッドの幻右師匠がいた。

「あっ、あのう、師匠っ、このくしは師匠のでしょうかっ⁉」

その時、また数年ぶりに楽屋が凍りついた。尋ねられた幻右師匠もギョッとした顔をしている。

「……い、いや、あたしは使いようが、ないから……」

その時、やっと気がついた。幻右師匠にくしは必要なかったのだ……。

次の日、さっそく昨日くしを忘れた亀光師匠にからかわれた。

「なんや、自分、昨日忘れたわしのくし、幻右師匠に、これ師匠のくしですかって聞いたんやて。おもろいなあ。やっぱり堺出身や、ろくなもんやないで。それにしても、君んとこの一門は幻右師匠を目の敵にしとるんとちゃうか？」

3

その日は朝、目が覚めた時から気が重かった。

麦丸師匠と一緒に山形まで行かなければならない。かばん持ちの仕事を麦丸師匠から直々に頼まれたのだ。ゆううつにならないわけがない。

昨日の夜、師匠の音丸から注意されたのを思い出した。

〝いいか、師匠は神経質で細かいからな、気を使うんだぞ。お前がしくじると音丸さんとこの弟子は乱暴だね、しつけがなってないねと俺が小言を食らうんだからな〟

暗い気分のまま、横浜から東中野の麦丸師匠の家へ向かう。東中野の閑静な住宅街の一角に麦丸師匠は居を構えている。立派な門構えに庭付きの邸宅、噺家らしからぬ雰囲気のご自宅だ。

おそるおそるインターフォンのボタンを押す。

「はい、どちらさま」

おかみさんの上品な声がインターフォンから聞こえてきた。

「おはようございます。音郎です」

「ごくろうさま。どうぞお入りください」

ギーッときしむ門をあけ、玄関のドアをあけた。

「失礼しまーす」

「ごくろうさま。中に入って」

麦丸師匠が応接室に立って、等身大の鏡で身なりを整えていた。

立たせた髪の毛、紺色の革ジャケットにグレーの細身のスラックス。スラッとした体格にこのファッションがよく似合う。まるでロッド・スチュワートのようだ。とても七十歳には見えない。むしろひと回り下のうちの師匠の方が老けて見える。

麦丸師匠は幼少の頃よりかなり裕福な家庭で育ったらしい。こんな人が前座修業をすれば、きっと周りにつぶされてしまうだろうと、当時の協会会長だった今々亭古輔師匠が、麦丸師匠だけは二ツ目として噺家デビューをさせたらしいのだ。

それから麦丸師匠はその垢抜けたファッションとセンスでたちまち当時黎明期だったテレビの顔となり、レギュラー番組を持ち、何本も映画にも出演、大スターとなった。テレビに落語家が呼ばれなくなり、マスコミに出てくる回数は減ったが、それでもスターの威厳は保ったまま、協会の会長となった。

「今日はすまないね、君を使っちゃって。音丸さん、何か言ってなかったかい？」

「いえっ、ちゃんと師匠のお供をするようにと仰せつかりましたっ」

「そうかい。よろしく言っといてください」

師弟だというのに、麦丸師匠とうちの師匠の関係は妙だ。変によそよそしい。やはり今は、マスコミで売れているうちの師匠の方が、実質的には力があるということなのだろうか？　それとも二人にしか分からない何かがあるのだろうか？

「これ、私と君の新幹線のチケット。預かっといてくれるかい」

「はっ、かしこまりましたっ」

いちいち片膝をついて答える。

「君ィ、いちいちそんなにうやうやしく膝をついて答えることはないよ。君、忍者みたいだね」

「いえっ、そんなことはござりませぬっ、いや、ございませんっ」

「その言い方からして変だよ。そんなに力入れなくて大丈夫だから」

気を使ってくれているのか、口調は優しい。麦丸師匠のキャリーバックを持って表へ出た。

「ああ、そのかばん、重いけどね。手に持ってくれないかね」

確かにガラガラと音を立てて歩くのは麦丸師匠の手前、具合が悪い。それでも手に持つとかなり重い。

「重いかい？　大丈夫かい？」

「だ、大丈夫です」

「そうかい、表通りへ出たらタクシーを拾おう。東京駅まで行ってもらうから。そこまでは我慢して持ってくれたまえ」

それくらいだったら大丈夫だ。腕にも自然と力が入る。

「いやあ、そのかばん、引きずって歩いていたらね、近所の犬とか野犬が噛みついてくるかもしれないだろ。だから持ってもらうんだよ」

……キャンキャンとか吠えて犬が噛みついてくる？　野犬が近所にいるのか？　気をつけなければ。

「いやあ、それにしても今日は良い天気だね」

「はい、晴れてよかったです」

「そうだね～。ところで君チケット持ったねっ？」

「えっ、新幹線の、はい、師匠の分も持ってます」

「そうかい、そうだったね。ところで君はいくつだったっけ？」

「はい、二十八歳です」

「そうかい、いい年頃だねえ。……君チケット持ったねっ？」

「ええっ⁉ はいっ、持っております、師匠の分も」

「そうだったねえ。君は生まれはどこなんだい？」

「大阪、堺です」

「そうかい、堺かい。それにしては関西弁が出ないねえ」

「はい、もうこちらへ来て長い……」

「そうだ、君チケット持ってるよねっ？」

「は、はい、持っております」

「いやあ、こんな良い天気の時は……、あの電信柱まで走ろうかっ」

いきなり走り出した。あわてて追いかける。一体何なんだろうか、この師匠は……。

「ハアハア、いやあ、たまには身体を動かさないとダメなんだよ。君も知ってるでしょ、僕はね、逆立ち健康法って試してるんだ」

「……ハアハア……、そうなんですか……」

「そうだよ。逆立ちしてると新作とかの良いアイデアが浮かぶんだよ。ところで君チケット持ったねっ？」

「………」

それから表通りでタクシーを拾って東京駅まで向かったのだが、この車中でも大変だった。運転手に色々話しかけている最中、またいきなり、君チケット持ったねっ、と聞かれるものだから油断できない。東京駅に着くまでに都合二十回以上、君チケット持ったねっ、と聞かれてしまった。何か試されていたのだろうか？

電車に乗ってからも気が休まらない。主催者が気を使って用意した付き人の座席は、麦丸師匠の隣りのグリーン席だったのだ。うちの師匠みたいにヘビースモーカーではなく、煙草を吸わないのはありがたいのだが、隣りにいると気が安まらない。

他の乗客が読んでいるスポーツ紙で阪神が開幕戦から五連勝、一面の見出しが「阪神今年こそ優勝だ!!」と書かれているのを目にした麦丸師匠は、まだ四月だというのに、

「ほお、もう阪神が優勝したのかい？」

と聞いてくる。以前、芸能協会の野球チームが噺家協会のチームと試合をして勝利した後、芸能協会チームのメンバーに楽屋で、君は勝ったのかい？君はどうだった？ピッチャーは勝ったのかい？キャッチャーは負けたのかい？と、麦丸師匠は尋ねたらしい。メンバーは返答に困っただろうと思う。まったく野球を知らないのだが、それでも好奇心だけは

旺盛なのだ。

車内の窓から見える景色にもいちいち反応する。あの田んぼの真ん中に立っている看板、ボヘミアン大学って何なんだい？この田んぼで授業を受けるのかい？そんな大学聞いたことがないけど、そこは卒業すると大卒の資格がもらえるのかい？あの車は？あの牛は？あの雲は？と、落ち着かないことこの上ない。まるで小学生の遠足のようだ。

とにかくマイペースというか、周りが大変なことだけは確かである。

4

ふと気がつけば、前座として楽屋入りしてから一年がたっていた。過ぎてしまえばあっという間の一年だった。前座仕事も一通りは覚え、ネタも十本近くになった。師匠方の顔や特徴もほとんど覚えた。さあこれから二年目、と意気込んで前座修業に精進する……はずだった。

ところが、これが困ったことにまったくやる気が起きなくなったのだ。何をするのも気が重い。最寄り駅から各寄席に行くまでの道のりでゆううつになってしまう。浅草などは雷門を抜けて仲見世を通って商店街を歩くあいだの足どりがとにかく重い。にぎやかな人込みが余計に気分を滅入らせる。手焼きせんべい、肉まんのにおい、何もかもが押しつけがましくうっとうしい。

一年前、入門した時は何もかもが新鮮だった。大変だけど頑張るぞ、やり抜くぞと意気込んでいた。その気概が俺を支え、失恋の痛手も乗り越えさせた。

だが今のこの俺のやる気のなさは何だ。一体どうしてしまったというのだろう。楽屋では下に何人かの後輩も入ってきた。精神的にも肉体的にも楽になった、はずなのに毎日が息苦しい。

師匠がかなり厳しくなってきたというのもあるだろう。日に日に小言が多くなり、尽くしているつもりでも、厳しい言葉しか返ってこなくなった。一年は様子を見ていたのか、いよいよ厳しさが本格的になってきた。

ある日、昼席が終わって音助兄さん、音若兄さんの二人にラーメン屋に誘われた。本当は急いで横浜に帰って師匠の家の掃除をしなければならないのだが、三十分だけ遅く帰ることを電話で伝え、許可してもらった。

ラーメンを待つ間、兄弟子二人に聞いてみた。

「音助兄さんはどうしてうちの師匠のところに入門しようと思ったんですか」

「え、俺か。う〜ん、俺はな」

少し考え込んで腕組みをしながら音助兄さんは言う。

「本当は小ん朝師匠のところに入門しようと思ったんだよ。けどなあ」

鼻息を荒くしながら兄さんは言った。

「なんとなく、かなぁ」

「なんとなくですかぁ……。音若兄さんは？」

「俺？　俺は円宅師匠に弟子入りしようと思ってた。けどあそこは弟子が多いだろ。やっぱ笑伝に出演してる師匠と決めてたから。けど、うちの師匠に決めたのは俺もなんとなく、だよ。そういうお前はどうなの？」

逆に音若兄さんが聞いてきた。

「そうだよ、お前こそ談治師匠とかの一門に入るタイプだぞ。この世界に入る前にもいろいろと活動してきたんだろ。なんでうちの師匠を選んだんだ？」

音助兄さんが続けて聞いてきた。

「俺、ですかぁ。やっぱ兄さん方と同じくなんとなく……、魔がさしたんですかねえ」

「おいおい、魔がさしたはねえだろ」

二人が同時に笑った。

「大体、音丸のところに入ろうなんて神経が太いし図々しいんだよ。どいつもこいつも、俺も」

音若兄さんがサラッと言ってのける。

「そうですかね」

「そうだよ。師匠がA型だろ。音助兄さんも俺もO型、お前もO型だろ」

「ああ、そういえばそうだ。兄さん、するどいですね」

「図太くないとマイッちゃうよ。ま、師匠に注意されたことはちゃんと直していかないとダメだけど、ある程度は聞き流さないとやっていけないぞ。あんな細かく言われてまともに聞いていたんじゃ神経がおかしくなるからな。俺も前座の頃は師匠にずいぶん逆らったけどさ」

その音若兄さんが今は音丸に一番ハマってるのは不思議な気がする。

「大丈夫だよ。音郎も神経太そうだしな」

腕まくりして太い腕をさすりながら音助兄さんが言う。

やっと運ばれてきたラーメン、出された時点でもう伸びきっているラーメンをズルズルとすすりながら、俺はこの兄弟子たちに感謝した。

図々しい、神経が図太い、か。そうだ、確かにそうじゃないとやってられない。まともな神経をしてるやつならテレビに出てる音丸を見て入門しようなんて思わないだろう。見るからに神経質で厳しそうだ。何も考えていない俺のようなやつだからこそ、音丸のところに飛び込めたのかもしれない。けど入ってしまったものは仕方がない。今は歯を食いしばろう。そう考えながら急いで横浜に戻って行った。

5

「しかし、でけえ看板だなぁ」

思わず声に出して言ってしまった。俺の目の前には「音丸・宅太郎二人会」と書かれた、まさにでかい看板が掲げられている。

福岡県のとある街の大ホール。このホールの入口前に俺は立っていた。

今夜七時にこの大ホールにて音丸と宅太郎師匠の落語会がおこなわれるのである。まだ開演まで五時間もあるというのに何人かお客さんが列を作って開場を待っている。もちろん病院の待合室にたむろしていそうなお年寄りばかりであるが。

昨夜、師匠とともに前日入りでこの街にやってきた。宅太郎師匠は今日、開演ギリギリに会場入りするらしい。うちの師匠は開演一時間前までホテルの部屋で休んでいると言う。

久々の自由行動。解放感を満喫しながら繁華街をぶらつき、結局は今夜の会場の前にたどり着いてしまったのだ。

それにしても街中のあらゆる場所に、今夜の落語会のポスターが貼られていた。十年ほど前の音丸の顔写真と、作り笑顔の宅太郎師匠の顔写真が載ったポスター。桂音郎の写真はどこを探しても見当たらない。名前さえ記載されていない。

だが今夜の落語会には俺も前座として出演するのだ。出演者は俺も含めたった三人。いくら前座とはいえ、名前くらい載せてくれても、とは思ってはいけない。出してもらえるだけありがたいと思わなければならない。これも修業なのだ。そう自分に言い聞かせ、泊まっているホテルに戻り、自分の部屋で噺の稽古をして夕方まで過ごしたのである。

夕方五時半にタクシーで師匠と会場に向かう。昼過ぎに見上げたでかい看板が掲げられたホール入口では、すごい数のお客さんが長蛇の列をなして並んでいた。

「すごい人気だね、師匠。俺も仕事なかったら観に来たいくらいだよ」

タクシーの運転手が大げさな表情で驚いたように言う。

「へっ、どこへ行ってもこんな感じだけどね」

当然といった顔をして師匠が答えた。

開演十分前に宅太郎師匠がマネージャーとともに楽屋に飛び込んできた。

「どうも、師匠、すいません。心配かけまして」

息を切らせながら宅太郎師匠が音丸に謝る。

「いやいや、宅さんは売れっ子だからね。悪いと思うなら今日はたっぷりおやんなさい」

「勘弁してくださいよ、師匠」

高級そうなハンカチで額の汗を拭いながら宅太郎師匠が答えた。

二度目のブザーが鳴った。カセットテープに録音された二番太鼓が館内に流れる。

「お先に勉強してまいります」

出番前に音丸と宅太郎師匠とマネージャーにあいさつをした。

「そっち、たっぷりやってよ。いいから。俺、今着いたばっかりで疲れてるんだから」

宅太郎師匠が言う。

「いえ、そんな……」

「いや本当に。二十分は、やってくれよ」

今度は少しきつい口調で宅太郎師匠は言った。ということは本当に二十分やれ、ということなのだろうか。一応うちの師匠にも伺いを立ててみた。

「いいんだよ、宅さんがああ言ってんだから」

いつになく上機嫌な顔で師匠が言う。そうか、二人がああ言うんだから、ひとつ二十分、やってみるか。

　楽屋を出て舞台袖に待機する。

「よろしくお願いしま〜す」

　舞台スタッフたちにあいさつする。

「はいよ、頑張ってよ、音郎さん」

　舞台袖の壁には今日のパンフレットが貼られてあった。出演、桂音郎、三遊亭宅太郎、桂音丸、と書かれてある。もちろん俺の写真は載っていないが、ちゃんとプロフィールも「大日本文化大学卒、平成四年二月桂音丸入門」と名前の下に書かれてあった。今日来場したお客さんにこのパンフレットは配られているはずだ。がぜんやる気が出てきた。

　広い舞台中央には台が置かれて赤い毛氈が敷かれている。その上には紫色のフカフカの座布団がちょこん、と置かれてある。台の右横にはめくりが置かれ、桂音郎と寄席文字で書かれた紙が留められている。

　ボーッと高座を見つめていると、ちゃんちゃんちゃんちゃんちゃらちゃんちゃんちゃん、と出囃子が流れ、大きくぶ厚い緞帳がガーッと上がっていった。ああ、そうだ。俺の出番だ。

　緞帳が上がると同時にすごい拍手が観客席から沸き上がった。館内の照明が一段と明るくなる。俺は拍手と歓声の中、平静を装いながらスタスタスタスタと長いゴザの上を歩いて高座に向かう。座布団の上にちょこんと座り、おじぎをして、ゆっくりと頭を上げた。

顔を上げたのはいいのだが、あまりのライトの眩しさに思わず目を閉じそうになった。目を細め観客席を見渡した。右からも左からも中央からも何個ものライトが俺一人を照らしている。そう、今は俺一人だけにスポットが当たっているのだ。

だんだんと目が慣れてきた。二階、いや三階席まで超満員。何千人いるのだろうか。お客さんすべてが期待に満ちた顔をして俺を観ている。

あれ、どこかでこの景色、見たような……。デジャ・ヴュか？　いや、ちがう……、どこかで……。頭が混乱してしまったが、高座に上がって黙っているわけにはいかない。

「え～どうも……、開口一番、まずは前座にてお付き合いを願います。わたくしは本日のこの落語会のトリを務めます桂音丸の四番目の弟子、桂音郎と申します。四番目の弟子、一門の四番バッターです！　音丸一門で四番目の弟子といったらすごいことですよ。弟子が何人いると思うんですか！」

少し間をおいてこう言った。

「四人しかいないんです」

ドカーンと笑いが返ってきた。

あ、そうか。思い出した。夢だ。こんなでかいホールで大観衆を前に一人でステージに立つ夢を見ていたのだ。そう、いつもいつも。この世界に入る前は。こっち側の舞台には永久に立てないだろうとあきらめていたのだ、いつも目が覚めた後は。

確かに今、現実の俺は立っていない。座っている。ロックファッションに身を包んではいない。師匠のお下がりの着物を着ている。手に持っているのはギターじゃない。扇子と手ぬぐいだ。観客もロックコンサートのように若くない。中高年やお年寄りが中心だ。若い客なんて……、ちらほらとしか見当たらねえ。

だが、もう目は覚めないだろう。あの不快な音、目覚まし時計のベルも鳴りはしない。観客も俺も現実なのだ。二十分はここにいられるんだ。夢にまで見たこの場所に。

「垂乳根《たらちね》」というネタに入ったのだが、最初から笑いに来ているお客さんばかりなのか、ずっとワーワーと笑いが返ってくる。無我夢中、あっという間の二十分だった。

そうか。やっと同じような夢を見続けた謎がとけた。興奮しながら高座を下りた。やっとこちら側に立てた、いや、座れたことを実感した。自分一人にスポットが当たって、何千人のお客さんが俺に拍手と歓声を送ってくれる。もうやめられない。夢が叶ったのだから、これから先、どんなつらいことがあっても耐えていくしかない。そう心に決めて楽屋に戻って行った。

6

末永亭の楽屋の戸がガラッとあいた。こんなに勢いよくあける人は、小天馬師匠以外いない。

きれいに後ろに撫でつけられた髪、黒の上下のスーツ、どこに売っているのだろうと思わせる派手な玉虫色のワイシャツ。恰幅のいい体格にこのファッションはよく似合う。陽気な和風マフィアといった雰囲気だ。

半年間はまともに目も合わせないし、口も利いてくれなかった。とにかく怖い師匠だった。麦丸師匠、文志師匠、幻右師匠、龍曹師匠たちと小天馬師匠も同世代。七十前後の年齢だが、その中でも最初は一番とっつきにくい師匠だった。

半年が過ぎた頃、楽屋でもポツポツと話しかけてくれるようになった。相撲をこよなく愛し、ボクシングにも詳しい。本能的に俺が格闘技が好きで経験者であることを感じとったのだろう。いったん慣れてしまえば、よく話しかけてくれるようになった。

小天馬師匠は着物に着替える時も豪快だ。バッとシャツを脱ぐ。背中に長襦袢をかける。帯下帯を締める。着物を長襦袢と同じように背中にかけると「おうっ」、帯をさし出す。帯を結び終わると、まわしのようにバシッと帯の上を自ら叩いて「ほいきたっ」、その言葉の合図でバッと羽織をかける。体つきのよい師匠だけに着替えはまるで関取の土俵入りのようだ。着物に着替え終わるとドカッと座って扇子であおぎながら豪快に「がっはっはっ」と笑う。小天馬師匠の着替えはまるで儀式のようで俺は大好きだった。若く勢いのあった頃は、高座ででかい声を張り上げてどっかんどっかんウケていたとも聞く。

しかし今現在の小天馬師匠は、着替えや楽屋の立ち振る舞いそのままの勢いで高座も務めるのかと思いきや、高座に上がると声が小さくなってしまう。それでも客がその小さい声でも噺のマクラに引き込まれてウケてくると、だんだんと声の調子も上がってネタに入っていくのだが、客が静かなままだとネタに入るとますます声が小さくなる。最後には消え入りそうな声で下げのセリフを言って高座を下りてくる。そしてまた楽屋に戻ると元気になる。

「へっ、今日の客は、ダメだ！」

そう、ウケないのは、師匠にとっては客のせいなのだ。典型的な楽屋弁慶。この楽屋での立ち振る舞いが高座に反映されればいいのだが、と前座ながら歯がゆく思ってしまう。この師匠が好きなだけに余計にそう感じるのかもしれない。

親分肌な小天馬師匠は下の者の面倒見もよく、一門以外の若手にも目をかけてくれたりする。ある日の楽屋、高座を終えての帰り際に小天馬師匠は、

「おい、音郎、お前来週の月曜空いてるか？」

いきなりそう聞いてきた。

「はい、寄席の夜席に入っておりますが」

「ちょうどいい。昼間、かばん持ちで町田までついてきてくれ」

「ありがとうございます。申し訳ありません。一度、師匠に伺ってから……」

「そうか。お前は音丸の弟子だったな。音丸は厳しいからな。小天馬がお前に直々に頼んだと言っておいてくれ」

「かしこまりました」

麦丸師匠の弟子の音丸は、当然小天馬師匠の後輩だ。

その日の夕方、寄席がハネてから師匠宅へ顔を出し、さっそく伺ってみた。もちろん師匠はいい顔をしない。なんで一門がちがうお前が小天馬さんのかばん持ちをするんだ、小天馬さんの一門にはたくさん前座や二ツ目がいるだろう。なんで断らないんだ、何のためにお前に家賃と月々の生活費を渡してやってると思うんだ……。

かなり怒られたが、小天馬師匠から直接頼まれたと言うと、渋々師匠は了承してくれた。

次の週の月曜になった。予定時刻より三十分早く待ち合わせ場所の町田駅の改札前に立っていた。町田を訪れるのは彼女と最後に会ったあの夜以来である。懐かしさと悲しさが混じり合う複雑な気分だったが、今日は仕事で来たのだ。まだ昼前、彼女と会うこともないだろう、そんなことを考えながらぼんやりと小天馬師匠を待っていた。

向こうから一目で分かる服装で師匠はやってきた。銀色のスーツに真っ赤なワイシャツ。大勢の乗客とともに階段を上がってきた小天馬師匠。人込みの中、師匠の周りは心なしか空間が空いている。こちらから見るとかなり目立つ。思わず笑い出しそうになり、あわてて笑いをかみ殺して師匠を出迎えた。

タクシーで会場に向かう車中、師匠は機嫌が良さそうだった。いろいろと話しかけてくる。空手やボクシングをやっていたことを話した。師匠はうれしそうにこう答えた。

「そうか。お前もいろいろとやってきたのか。それでもな、一番強い格闘技はな、やっぱり相撲だぞ」

「そうですかね」

「そりゃそうだ。第一あの身体がちがうだろ。それにあの突っ張りとぶちかまし、空手も柔道のチャンピオンもプロレスラーも現役の横綱にはかなわないぞ」

相撲の話になると、小天馬師匠は実にうれしそうな顔になり、表情が活き活きしてくる。話しているうちに会場に着いた。楽屋に荷物を置くと、すぐに飯を食いに行こうと小天馬師匠は言う。

近くのレストランに入った。ランチを二つ頼む。料理が運ばれてきたが、小天馬師匠はナイフとフォークを使ってハンバーグやエビフライを口に運ぶ。これが今まで見たことのないような食べ方だった。

豪快なのだが、決して下品ではない。見ているこちらが惚れ惚れするようなカッコいい食べっぷりだ。若い頃、落語界では「お旦」と呼ばれるスポンサーのお客さんに連れて行かれた先々で、このように見ているこちらが気持ちよくなるような食べ方を身につけていったのだろう。小天馬師匠は食事も立派な芸になっていた。

会場に戻るともうその日の興行が始まっていた。サムライジャパンというコントグループが刀や鎖ガマを振り回し舞台をかけ回っている。いつものように客席を埋めつくしたじいさんばあさんの笑い声が場内に響き渡る。平日の昼間にこうして会場に足を運ぶことができるのはこの年齢層だけだろう。

続いてマジックのナポリタンズが登場した。こちらもとぼけた軽妙なトークで会場を沸かせている。着替えを終えた小天馬師匠は楽屋で悠々とお茶を飲んでいる。普段、寄席の高座を見ているだけにこちらが心配になってしまうが、師匠は扇子をあおぎながら、がはは笑いを繰り返している。この落ち着き方が不気味だ。そこへこの興行の主催者らしき人物がやってきた。

「師匠、ご無沙汰しております。本日は無理を言って出演していただき、すいません」

「おう、久しぶりだな。分かってるよ。ステージは十五分でいいんだな」

「はい、よろしくお願いいたします」

「ほいきた。いつもの合図で頼むぞ」

「はい、承知しました。テープも用意しております」

「ほいきた！」

ステージ？　テープ？　落語家らしからぬ言葉が飛び交う。出囃子のことだろうか？

その出囃子のテープが流れる中、小天馬師匠はのっしのっしと高座に出ていった。が、高座には台もないし座布団もない。そういえば小天馬師匠はマイクを持って出ていった。立ち高座なのだろうか？

舞台の中央に立つといつものマクラを喋り出した。やはり大きい会場で陽気なお客さんの前だとウケる。五分くらいマクラをふった後、

「それではここで私が十年前に出した唯一のレコード、還暦マーチを聞いて下さい」

カラオケが流れ出す。テープというのはこれだったのか。大声で歌い出す小天馬師匠。いつもの高座とはちがって、大きな声を張り上げて実に気持ち良さそうに歌い上げる。上

手い下手という次元ではない。この思いきりの良さ、堂々とした歌いっぷり。これこそがこの師匠の真骨頂、楽屋での立ち振る舞いそのものなのだ。客もその陽気さにつられて手拍子を始めた。拍手と歓声の中、三番まで歌いきった小天馬師匠、

「いやあ、今日のお客さんはありがたい！　おかげで気持ちよく歌えました。先ほど唯一のレコードと言いましたが、このシングル盤、またB面も良い曲なんです！」

ドッとウケる客。なんだよ、もう一曲歌おうってのか。しかし客もノッている。そのB面の曲、「噺家稼業泣き笑い」のイントロが流れ出した。さっきの曲以上に小天馬師匠は熱唱した。こうして十五分の高座というか、ステージが終わった。上機嫌の小天馬師匠とともに新宿に戻る。師匠から今日のかばん持ち代をいただいて、新宿駅で別れ、一人末永亭の夜席に向かった。

こういうやり方もあるのか。目からウロコが落ちたようだった。

自分自身、ミュージシャンを目指していたこともあって、今日の小天馬師匠のステージにはびっくりした。まさに小天馬師匠のキャラだからこそ通用する芸だろう。しかし今の俺はやはり落語が上手くなりたい、俺の落語が聞きたいと客に思われるようになりたい、じゃないと何のために落語家になったんだ、こんな苦しい前座修業をしているんだ、と思ってしまう。そう思う自分が少し誇らしかった。

7

寄席のしきたりなどには人一倍厳しい春風亭龍陽師匠、うちの師匠と同世代の師匠である。高座の上がり時間に平気で遅れてきたり抜いてしまう先輩の文志師匠を、唯一叱り飛ばせる師匠だ。寄席の高座も昼夜出演や代演でも率先して務める。いつもキッチリした高座内容で寄席や協会に貢献している。文志師匠も叱れるわけである。

若い頃は噺家一の色男と言われるほどの美男子で、女性客にモテまくったらしい。年上の踊りのお師匠さんと一緒になり、奥さんが所有していた五反田のお屋敷に住んでいる。落語家としては大成功をおさめた師匠ではあるが、知名度という点においてはうちの師匠の音丸とは比べものにならない。それでも堅苦しいほど真面目な部分で気が合うのか、うちの師匠と仲が良い。いや、かなり音丸に気を使っている。

この龍陽師匠、やたらに楽屋入りが早い。下手をすると前座より早く楽屋入りをしている時がある。家にいられない事情でもあるのだろう、と口の悪い楽屋の連中は言う。やはり楽屋にいると落ち着くのかもしれない。早い楽屋入り、また楽屋に長くいるのはいいのだが、龍陽師匠は酒も強く、楽屋でも飲むことが多い。

夜席のトリをとった時などは、トリ前のヒザを務めた曲芸の先生方と一緒に楽屋にある酒を飲んでしまうだけに、帰りがやたら遅くなる。当然その間、前座はずっと師匠方についていなければならない。湯飲み茶碗の中身が空いたら、すぐに日本酒を注ぐ。ビールだとグラスが空になったら、冷蔵庫から缶ビールを取り出し、プシュッと小気味良くプルトップをあけ、トクトクとグラスに注ぐ。師匠方がもういい、と言うまでこの作業を繰り返す。まさに居酒屋「楽屋」である。従業員は前座、こんなにかいがいしく無言ですばやく仕事をしてくれたら、酒もさぞかし旨いだろう。

横浜に住んでる俺などは帰りの電車の時刻が気にはなるのだが、それでも俺はこの龍陽師匠が楽屋で気持ち良さそうに飲んでいるのを見ているのが嫌いではなかった。酒癖が悪いわけでもなく、静かに黙々と酒を飲む龍陽師匠。数年前に酒の飲みすぎが原因なのか、大腸がんを患ってしまったのだが、それでも決して酒をやめようとはしなかった。

ある日、いつものように夜席が終わった時のことだ。龍陽師匠がトリの興行の千秋楽、よほど機嫌が良かったのか、前座さんも飲みなさいと酒をすすめてくれた。

いえいえとんでもありません、と断ったのだが、大丈夫、音丸師匠には黙っておくから、という言葉に甘え、日本酒をいただくことにした。他の前座も酒が飲める者は同様に日本酒やビールをいただいた。

龍陽師匠のお客さんが楽屋に差し入れてくれた酒だけに旨い。普段ワンカップ酒しか飲めない身分だ。こんな時には落語家になってよかった、と痛感する。それにしてもワンカップと同じ種類の酒とは到底思えない。こういう酒を飲めるようになったら、やっと一人前の落語家になれるんだ。そのためにも今から飲み慣れておかないと……。

気がついたら三杯は飲んでいた。千秋楽で蓄積された疲れもあって、楽屋がグルグル回っていく。師匠方の顔がいくつにも見える。とにかくこういう時は口をつぐんでおくことだ。いくらみんなが飲んでいるからとはいえ、楽屋の空気の重さは変わらない。かろうじて理性だけは保っていた。それでも完全に酔っ払ってしまって正座しながらグルグル回ってしまっている俺を見て、龍陽師匠はうれしそうだった。

居酒屋「楽屋」は小一時間ほどでのれんをしまい、師匠方は外の本物の居酒屋に出かけて行った。最初から外に飲みに行けばいいんだよなあ、前座同士でぼやく。せっかくだから俺たちもどこか安い居酒屋にでも飲みに行こうぜと誘われたが、終電が近いからと断り横浜に戻ることにした。車内で眠ったらまた乗り過ごしてしまう。時おり襲ってくる強烈な睡魔と闘いながら、なんとか意識を保って横浜までたどり着いた。

やれやれ、やっと千秋楽、けど明日からはまた浅草、しかも昼席なんだよな。ずっとこの生活の繰り返しだ。それにしても、前座として楽屋入りしてからまったく休日というものを取っていない。風邪を引いても休めず、毎日師匠に怒鳴られながら家を掃除して、楽屋で上からいじめられてこき使われ、二十八にもなって一体何をやっているんだろう。情けねえよなあ。それでも少しズキズキする頭で、この前覚えたばかりの落語のネタを思い出し、ブツブツと口ずさむ。

黄金町駅から誰も待つ者がいないアパートまで一人落語の稽古をしながら、トボトボと帰っていく自分が悲しかった。いいことあるよ、今にきっと。あるのかなあ……。

次の日からまた気分を一新させ、朝から師匠の家に向かう。少し二日酔い気味、吐く息も酒くさいにちがいない。師匠にはすぐばれる。そういう朝は決まって機嫌が悪くなる。ちゃんと楽屋でやってんのか、まったくやることなすこと、がさつだ……、一通りの小言がすんでから浅草に向かう。

例によって龍陽師匠が前座より早く楽屋に入っていた。

「師匠、昨日はどうもごちそうさまでした」

「音丸さんの家にはちゃんと朝行ってきたのかい」

「はい、少し酒くさいので怒られましたが、大丈夫でした」

「それならよかった」

そう言うと龍陽師匠はタッパに入った料理を差し出した。ビーフシチューだった。龍陽師匠の料理の上手さは楽屋でも評判だ。自分がトリの興行などでは中日で楽屋に出す食べ物を自分で作ってきたりする。

昨日、龍陽師匠は酔っ払いながらも、君はちゃんと自炊しているのか、栄養のバランスはちゃんと考えてるのかと尋ねてくれたのを思い出した。

仲の良い音丸の弟子ということもあるが、龍陽師匠はいろいろと俺にも気を使ってくれて、自分が着ていた高そうな着物をくれたりもする。しかしさすがに手作りの料理をいただけるとは思わなかった。

その日の昼席が終わった後、師匠宅に顔を出し、夕方の掃除がすんでから、龍陽師匠に料理をいただいたという報告をした。

ムスッとした顔をして、そうか、と言い、少したって、ちゃんと龍陽さんに礼を言うんだぞと言った。

龍陽師匠は俺を可愛がることでうちの師匠からかばってくれているのだ。楽屋でも俺のがさつな行動を見ていれば、常に音丸に怒られているということはすぐに分かるだろう。だからあいつもいいところがあるよ、と気にかけてフォローしてくれているのだ。

その日の夜、自分の部屋で龍陽師匠が作ってくれたビーフシチューを一人でいただいた。美味さもさることながら、龍陽師匠の思いやりが感じられて、涙が出てきた。

8

ある日の昼席、前座仕事の最中に、

「今日さ、知り合いのバンドのライブがあるんだよ。終わるのが遅くなるかもしれないんだ。横浜に帰れそうもないんで、よかったらお前んとこのアパートに泊めてくれない？」

三ヶ月後輩で二つ年下、龍曹師匠の弟子の龍吉に断られるのを承知でそう聞いてみた。意外にも龍吉はあっさりと、

「あ、いいすよ。じゃ来る前に連絡ください」

突然の申し出にもかかわらず、すんなり許可してくれた。

昼席が終わった後、急いで横浜の師匠の家に顔を出して掃除をし、おかみさんに頼まれた用事をすませ、また東京に戻った。

もう二度とライブハウスなどに足を運ぶことはないだろうと思っていたが、以前ライブ活動をやっていた頃に知り合った音楽事務所のスタッフに誘われ、その事務所主催のオー

ルナイトイベントのライブを観に来たのだ。三百人ほどのキャパのライブハウス。忘れていたライブハウスの雰囲気。薄暗く怪しい場内。煙草と酒の匂い。若者のざわめき。懐かしい気分になってしまう。それにしても寄席とはまったくの別世界だ。ここは百八十度ちがう場所に俺は今、身を置いている。我ながら変なやつだと思う。

やがてライブが始まった。見知らぬバンドが次々とステージを務めていく。ひたすらバンドの吐き出す爆音に身をまかせた。日頃、寄席の楽屋で硬直してしまった筋肉がほぐれていく気がした。ロックの持つダイナミックさと開放感を久々に味わい、深夜一時前にライブハウスを出た。もうとっくに終電の時刻は過ぎてしまったので、公衆電話から龍吉のアパートに連絡を入れ、タクシーでアパートに向かう。こじんまりしたアパートに龍吉は一人で住んでいた。

龍吉は大学時代はラグビー部に所属し、卒業後は保険会社の営業として社会人生活を送ってから、龍曹師匠に弟子入りをした。体育会と会社の営業の経験を活かし、前座の中でも評判は高い。俺とちがって愛想も良いし、よく気が利く。上の師匠方からも重宝がられ、寄席以外の落語会でもずいぶんと前座で使われている。

この寄席以外の落語会というのが、前座の主な収入源である。一回の前座の出演料は五千円から二万円くらいだ。この仕事を月に何本もこなせばけっこうな稼ぎになる。売れっ子の前座になると十日間で二日くらいしか寄席に来ない。

この龍吉も放任主義の龍曹師匠の弟子なので、寄席が終わった後はまったくの自由だ。うちの師匠みたいに毎日顔を出してガミガミ言われることもない。龍曹一門がうらやましくてしょうがなかった。寄席以外の落語会の仕事もいくらでも取れる。要領よく立ち回っている。俺が前座劣等生だとしたら、こいつは前座優等生だろう。

「兄さん、ずいぶん遅かったですね。もう先にやってましたよ」

「わりいわりい。久々のライブ体験なんで盛り上がっちゃってさ、あ、これ、途中で買ってきたつまみとビール」

「気を使ってもらってすいません。よかったらこれ飲んでください」

龍吉が出してきたのは高級ブランデーウイスキー、ナポレオン。

「ええっ!?　いいのかよ。俺、下町のナポレオンはよく飲んでるけど……」

「大丈夫っすよ。全部飲んじゃってかまいませんよ。大学のラグビー部の監督からもらったんです。けっこうOBからも、いろいろいただくんで」

冷蔵庫からいかにも高級そうなチーズやつまみを出してくる。

「大学の運動部ってかなり結びつきが強いんだな。OBのパーティとかで司会をやったりしてるんだろ?」

「いや、今はまだ前座なんで大っぴらにはやれないですね。ま、ちょこちょこやってますが。けど兄さんも大日本文化大卒でしょ。ＯＢとか教授とかから呼ばれたりしないんですか」

「呼ばれねえよ。大学の頃なんてほとんど学内のやつとは付き合いがなかったし」

「兄さん、そういうところありますよ。寄席の楽屋の付き合いより外に目がいってしまうんでしょ。今日だってライブハウスなんか行っちゃうし」

「そうなんだよな。俺、せまい中のしがらみって本当に苦手なんだよ」

「じゃ、なんで落語家になったんですか？」

今度は後輩に尋ねられた。

「落語家ってさ、一人で高座でしゃべって自分の出番が終われば、はい、さようなら、だろ。楽な商売だなと思ったんだ」

「見通しが甘かったっすね。やっぱり物事はきちんと計画を立てて行動しないとダメですよ」

いちいち憎たらしいことを言うやつだ。けど今日はナポレオンも飲ませてもらってるし、泊めてもらうんだ。我慢しよう。

「ところでさあ、龍吉、お前将来どんな落語家になりたいの」

「俺っすかあ。そうですねえ。金が稼げる落語家になりたいっすねえ」

「稼げるって……。要するに売れるってことね」

「そうっすねえ」

「じゃないと何のために、会社をやめてまで落語家になったんだというわけか……」

「まあ、そうですね。音郎兄さんは？」

「俺？　俺ねえ。いや本当に何も考えてないんだよ。流れ流れてたどり着いたって感じかなあ。けどここが最後の場所にはしたいね」

「最後の場所にする前に音丸師匠から破門されなきゃいいですけどね」

「本当に……、ほっとけよ！　まったくお前のところは楽な師匠だもんな。うちの師匠、俺が寄席をさぼってないか、時々楽屋にチェックの電話が入るんだぜ」

「あ、ありましたよ、おとといも。音丸師匠から楽屋に電話がありました。音郎いるか、って聞くから替わりましょうかって言ったら、いや、いるんならいいって。ガチャーンって電話切っちゃうんですから」

「お前、せっかくいい酒飲んでんだからさあ、酒がまずくなるようなことを言うなよな」

とにかく落語が上手くなりたいよなあ、そうっすねえ、と会話を交わしているうちに、いつしかそのまま寝てしまった。

始発前の時間にセットしてもらった目覚まし時計のベルが鳴った。寝ている龍吉を起こさないように、そうっと部屋を出て横浜に帰る。朝八時から師匠宅の掃除だ。その後また東京に戻ってこないといけない。寄席の前座修業も毎日続く。

今日はきっと酒くさいだろうから、また師匠は機嫌が悪くなるだろうなあ。でもサボったりバックレたら即クビだ。

将来どんな落語家になるかよく分からないけど、とにかく続けてやる。そう、俺はしぶといんだ。

9

夜九時半過ぎ、福島駅のホームで師匠と二人、東京行きの最終新幹線を待っている。ホームには他の乗客の人影が見当たらない。なんとも寂しく物哀しい気分だ。例によって師匠は余計なことはひと言も喋らない。静けさがホームを包み込む。

今夜の営業は師匠一人の講演だった。内容は師匠が壇上にスーツ姿で立ち、一人で九十分間生い立ちから家庭、笑伝、落語界のことまでを話すのである。俺はその付き人として師匠の着替えを手伝い、講演中はステージ脇で見守るのが仕事である。落語会とちがい自分の高座がない分、確かに気は楽であるが、やはり物足らないような気もする。

割り切りゃあいいんだよ。

音若兄さんの言葉を思い出した。仕事はテキパキとしている上、外見もマネージャーに見えるせいか、師匠の講演での付き人は音若兄さんが務めることが多い。音若兄さんの予定がふさがっていたりすると、今夜のようにこちらに仕事が回ってきたりするのだ。

俺なんか高座がない分、楽なんだけどね。

シラッとした顔で音若兄さんはこう言ったりする。うそぶいているのか、本気でそう思っているのか。本心だとしたら、それこそ芸人としてはどうなのだろうか……。

「蒸し暑いな」

突然師匠が口をひらいた。

「は、はいっ、そうですね」

あわてて返事をした。

「下の待合室は冷房が効いているだろ。あそこで待っていよう」

こう言って師匠は階段の方へ歩き出した。確かに新幹線が来るまでまだ三十分もある。このだだっ広いホームで二人ポツンと待っているのはあまりにも寂しい。講演用のスーツを入れたバッグと向こうでもらった花束を抱えなおし、師匠の後をあわてて追いかけた。

下の待合室には、ちらほらと人がいた。ほとんどが若い女性である。しかもロックっぽいファッションに身を包んだ女性ばかりだ。

今夜福島で何かあったのかな。少し嫌な予感がした。師匠の格好といえば、夏用の青い薄手のジャンパー、幅の広いグレーのスラックス、足に負担がかからないような軽い黒の革靴である。その上、老眼鏡をかけている。まだ五十六歳だというのにその佇まいとファッションセンスのせいで十歳以上は老けて見える。

だが、地味な師匠の格好は街で歩いていてもほとんど目立つことはなく、テレビで日本全国に顔を知られていてもあまり声をかけられない。目立つのがイヤでいつも地味な格好をしているのだろうか。前座二年目の俺にはとてもできない質問だ。

とにかく師匠の地味な格好のおかげで、ロックファッションに身を包んだ女たちはこちらにまるで無関心でいてくれた。そういう俺もヨレヨレの紺のスーツに履きつぶして擦り切れた革靴である。我ながらみっともない格好だ。だが俺は金がなく、こんな格好しかできないのだ。運転手つきのベンツに乗っている師匠は、なぜ好きこのんであのような格好をしているのだろうか。不思議でしょうがない。

新幹線の到着十分前になった。またホームに向かおうと待合室から出たちょうどその時、向かい側の改札からズドドドドッと若い集団がやってきた。黒っぽいロックファッションでキメた男性五人、それを取り囲む若い女性の集団。待合室からも女たちが弾かれたようにその集団に向かっていった。

女に取り囲まれキャーキャー言われている連中は……そうだ、人気ロックバンド、トゥルーハーツだ。メンバー四人とマネージャー一人、あとはすべて追っかけの女たちである。トゥルーハーツのメンバーは確か俺より二つ三つ上だったはずだ。数年前のバンドブームで世に出て生き残り、いまだに若者に絶大な人気を誇るバンドだ。だが、音丸にはまったく接点がないし興味もない連中だ。スーッとホームに上がっていってしまった。トゥルーハーツに見とれてしまった俺は、先にポツポツと階段を一人上がっていく師匠にしばらくしてから気づき、あわてて後を追いかけた。

ホームに上がり新幹線を待っていると、トゥルーハーツご一行が上がってきた。どうやらこちらと同じく今夜福島でコンサートがあって、最終新幹線で東京に帰るらしい。向こうのコンサートは若い客ばかりだったろうが、こちらはじいさんばあさんばかりである。なんといっても講演のタイトルが「笑いのある老後人生」なのだから。

コンサートの余韻を引きずって若い追っかけの女を連れてここにやってきたトゥルーハーツ。こちらは見送る者もいない。そのうちに少し離れた場所で、こちらをチラチラ見ていた追っかけの女たちのヒソヒソ声が聞こえてきた。

「あれ、あのおじいさん……」

「そうそう、どっかで見たことあんのよね」

「あっ、あの人、ほら……」

「そう、笑伝！」

「そうだ！　あのおじいちゃん……」

「九木蔵！」

「ちがうよ！　それラーメン屋でしょ！」

「そう、緑の……」

「音丸！」

ぎゃははは、という声がホームに響いた。トゥルーハーツのメンバーも、おっ、という顔でこちらをチラッチラッと見たりする。

「キャー、音丸さ～ん！」

「音丸～！」

「福島で音丸見れてラッキー！」

とか叫んでる。好き勝手なことを言いやがって。なんで福島で音丸見れてラッキーなんだ。俺なんかいつでも身近で見てるぞ。あげくに女たちは、ちゃんちゃかちゃかちゃかと笑伝のテーマを歌う始末。寂しかったホームが一転、若い女たちの大歓声が響くにぎやかで華やかな場所になってしまった。

「キャー、音丸さ〜ん、こっち向いて」

一人の女が手を振る。

「けっ」

師匠が苦虫を噛み潰したような顔をしてそっぽを向き、吐き捨てるようにつぶやいた。

「ああいうバカなやつらが日本をダメにするんだ」

「まったくですよ！」

師匠の意見に同調してしまう自分自身が悲しかった。

新幹線が到着し、いそいそとグリーン車に乗り込んだ。トゥルーハーツご一行は隣りの普通車である。グリーン車の車内にはまたもや誰も乗客がいない。広い車両内に師匠と二人だけ、まるで貸切り状態だ。新幹線が発車、しばらくしてトイレに行くふりをして隣りの車両の様子を伺ってみた。この車内もトゥルーハーツと追っかけの女たちだけのようだ。まるでトゥルーハーツ号だ。メンバーはラジカセでレゲエの曲をかけている。追っかけの女たちもさすがにメンバーには節度をわきまえてるのか、マネージャーが目を光らせてるのか、一定の距離を置いてメンバーを見守っている。

なんだよ、さっきはこっちには笑伝のテーマとか歌ってたくせに。バンドメンバーには気を使ってるんだな。ま、それは当たり前か。わざわざ福島まで追っかけてライブを観に行ってるんだもんな。

そっとグリーン車に戻った。さすがに疲れたか師匠はスヤスヤと眠っている。ざまぁみろ、向こうは普通、こっちはグリーンだ。こんなみすぼらしい俺もグリーン車に乗ることができる。師匠と二人だけの広いゆったりとした車内だ。けどやっぱり向こうの車内の方が楽しそうでうらやましい。だが俺はいまだに向こうの世界に憧れてはいるが、もう完全にこちら側の人間になってしまったのだ。死んだように眠っている師匠の後ろの座席に一人座る。真っ暗な窓の外の景色を眺めているうちに、俺もいつのまにか寝てしまった。

10

地方での興行が続く。今夜の落語会が催される高崎駅に着いた。駅を出ると、いきなり「小ん朝・音丸二人会」のポスターが目に飛び込んできた。ポスター左端に虫メガネで見ないと見えないような字で「前座・桂音郎」と書かれてあった。その横にはふてくされたような表情の俺の顔写真、まるで指名手配者のような写真が載っている。その俺の顔の真ん中にポスターを留める押しピンが深々と突き刺さっていた。

なんだかなあ……。ぼんやりとポスターをながめていると、

「何してんだ、このヨタロー！　早くタクシーに乗れ！」

先にスタスタとタクシー乗り場に向かった師匠の怒鳴り声がした。

はいはい、分かってますよ、まったくせっかちだよな。

「申し訳ありません！」

そう叫んで急いでタクシーに飛び乗った。

会場には駅からタクシーで十五分ほどで着いた。よくある地方公演、今日の会場は中規模のホールだ。会場に着いてさっそくかばんを楽屋に置いてから高座のチェックだ。とは言っても音楽や芝居とはちがって、あっという間にチェックは終わってしまう。照明も舞台、客電ともに全開百パーセント。マイクチェックも、

「あーあー、ただいまマイクのチェックです。えー落語の方にはいろいろな人物が登場してまいりますが……、オッケーです！」

こんな感じだ。後は出囃子のテープを流して音がしっかり出ればそれで完了。

楽屋に届いた弁当を出演者たちに配る。弁当が出ない時には出前を注文する。うちの師匠はほとんど弁当に手をつけないので出前のラーメンが多い。

楽屋に届いたラーメンをズーズーとすすっている師匠の横で着物に着替え、前座の準備をしていると、小ん朝師匠がスーッと楽屋に入ってきた。

普段はうちの師匠と同じくほとんど目立たない格好をしている小ん朝師匠。ただやはり名人小ん生師匠の息子だけあって、若旦那風の品の良さがその地味な普段着にもあらわれている。

この人が今、東京の落語界で名実ともにトップの実力を持つ小ん朝師匠かあ。楽屋に一緒にいるだけで感動してしまう。小ん朝師匠は向こうの噺家協会所属だけに寄席で会うことはない。けれど、こうして協会の区分けのない地方公演なら会うことができる。

小ん朝師匠の方は弟子の若手真打がついてきた。二ツ目時代には数々の若手コンテストで受賞経験を持つこの若手真打、小ん朝師匠のみならず、おかみさんにもハマっている。真打になった今も小ん朝師匠とおかみさんの身の回りの世話をしているらしい。向こうの協会の前座たちはこの若手真打を鬼軍曹と呼んで恐れていたのを思い出した。

開演を告げるブザーが鳴った。出演者にあいさつをして高座に上がる。今日の客席はいつもとはちがう。じっとこちらの様子を伺っているような客だ。地方公演にありがちな、笑いに来ました、という雰囲気ではない。後に上がった音丸もやりにくそうだった。マクラを少し喋って、これはカタい客だなと判断すると、地味な噺に入っていった。どちらかというと噺に聴き入るような客だけに、この判断は正しかったようだ。これこそが長年のキャリアの蓄積とトップクラスで活躍できる実力なのだろう。

それでもやはりいつもとはウケ方がちがうのが面白くないのか、高座を終えると小ん朝師匠と二三言会話を交わし、逃げるように音丸は先に帰っていった。

楽屋は小ん朝師匠と鬼軍曹真打と前座の俺だけになった。うちの師匠への遠慮がなくなったせいか、急に鬼軍曹真打のチェックが厳しくなった。お茶の出し方、廊下の歩き方、灰皿の吸殻の捨て方、ネタ帳の書き方、小ん朝師匠の着付け等、とにかく細かい。

「君んとこの協会では通用するかもしれないけど、うちの協会ではそんな前座じゃ務まらないよ」

冷たい口調でそう言うと、中入り後の食いつきの出番でその師匠は高座に上がっていった。やはり若手の賞を総なめにしただけあってカッチリとした高座だ。ただ俺にはどうも窮屈に感じてしまう。

俺は落語に笑いを求めている。笑わせようと必死になっている。上手い、聴かせる、それは俺の目指す落語とはちがう気がした。そう、落語は芸術なんかじゃない。

そんなことを考えながら、小ん朝師匠と楽屋に二人きりになった。当然小ん朝師匠は何も喋らない。楽屋の空気がたまらなく重い。

座布団を返しに高座に出て行った。やはり雰囲気がいつもとちがう。中入り後に高座の張りつめた空気がますます密になったようだ。その空気を切り裂くように小ん朝師匠がスーッと高座に上がっていった。静かだが割れんばかりの拍手。この期待感、まさに待ってましたという拍手だ。実はこの落語会は何十年も続いていて、客もほとんどが常連らしいのだ。

小ん朝師匠はポツポツと少しマクラをふったかと思うと、

「下谷の山崎町に西念という坊さんがおりまして」

といきなり「黄金餅」に入っていった。ゾクッとした。この世界に入る直前から何度もテープで聴いた小ん生師匠の「黄金餅」。天衣無縫な小ん生師匠のネタと息子の小ん朝師匠のネタはまったくタイプがちがう。冒頭からグッと引き込まれてしまった。本当はずっと舞台袖で見ていたい。だが着物も着替えて、小ん朝師匠が高座を下りたらすぐに帰れるようにしておかないといけないし、楽屋も片付けないといけない。楽屋に戻って、急いで着替えて片付けを始めた。そのあわただしさに前座仕事に優雅さを求める鬼軍曹真打は何か言いたそうであったが、こちらがすぐに舞台袖に張りつきたい心境を察してくれたのだろう。何も言わずにいてくれた。片付けを終えると急いで舞台袖に走っていった。

ちょうど金山寺味噌を扱う金兵衛が隣りの西念の様子を長屋の薄い壁にあいた穴から覗

くところだった。他の落語家のレベルとはちがう何かを小ん朝師匠の高座から感じた。血統の良さを親とはちがった芸風で昇華させた高座。客の見方も高座に影響をおよぼしているのだろうが、とにかく小ん朝師匠の高座には圧倒された。

落語会が終了し、この後、地元のお客さんと飲む約束があるとかで、小ん朝師匠の弟子の若手真打は高崎に残り、小ん朝師匠と二人でタクシーに乗って駅に向かう。高座では微塵も感じさせなかったが、小ん朝師匠は数日前から体調を崩しているとかで、タクシー内ではかなり疲れた表情を見せた。

それでも売店で缶ビールのロングを一本買った小ん朝師匠、

「君も何か飲むかい」

「い、いえっ、とんでもありませんっ」

口を利けただけでも、舞い上がってしまった。師匠はグリーン車、俺は普通車の車両に別れる。少しホッとしながら、自分の指定席に腰を下ろす。

電車が動き出し、窓にぼんやりと映った自分の顔を眺める。まるでさまよえる幽霊のような顔をしている。疲れているんだな、と自分でも思う。

小ん朝師匠の高座……。たとえ俺が目指す方向とはちがうとはいえ、到底追いつけない芸……。

それでも楽屋でうちの協会の二ツ目の先輩がこう言っていたのを思い出す。

小ん朝師匠が地方の落語会でいつものようにどっかんどっかんとウケた。しかしその会の帰りに客のおばさんたちに囲まれ、こう言われたらしい。

「小ん朝さん、今日は本当に面白かったわ。そんなに面白ければ、そのうちに笑伝メンバーになれるわよ。がんばって！」

小ん朝師匠でさえ、地方に行けばこう言われてしまう。

落語家って何なんだろう。窓に映っている俺に問いかけて見る。おい、お前は一体どんな落語家を目指しているんだ。先は長いよなあ、果てしなく……。

11

いつもの国立芸能場の楽屋とはまるで雰囲気がちがっていた。

この日は特別興行、館川談治師匠が企画した特別な落語会の三日目だ。一週間、日替わりで芸能人や歌舞伎役者までがゲスト出演するらしい。

今日のプログラムは談治・音丸二人会である。そのため弟子の俺に前座を務めてほしいと国立芸能場から依頼があったのだ。

お客さんから談治師匠に届けられた数多くの花が楽屋に飾られてある。各企業の重役社長、歌舞伎界、芸能界から届いたおびただしい数の花束。どうだ、俺はこれだけ顔が広いんだぞ、支持者、信奉者がこれだけいるんだぞ、と誇示しているかのようだった。

またその花束に負けないほどの館川流の前座の数。着物を着ている前座は五人、あとは十人以上が私服で楽屋内をウロウロしている。楽屋入口にも門番のように二人立っていたほどだ。

館川流は上納金制度がある。こうして前座として師匠に尽くした上に月に一万円を納めるのだ。二ツ目は三万円、真打は五万円である。

うちの一門は新興宗教、出家信者が弟子で在家信者は皆様お客さんですよ。

館川流の若手真打が高座でそう言っていたのを思い出す。

師匠に心底惚れてなければ、そこまで尽くすことはできないだろう。ところがそういう弟子ばかりでもなさそうだ。私服姿の弟子の中には大変な一門に入っちゃったな、どうしようかな、という迷いがはっきり顔に浮かんでいる者もいる。

音丸が楽屋に入ってきた。いつもの楽屋とちがって、どうも居心地が悪そうだ。こんなに館川流の前座に囲まれていれば、そりゃ居心地もよくないだろう。今日は珍しく俺に優しい。やはりこういう時は子飼いの弟子が頼りになるのだろう。たとえ普段憎たらしい弟子であっても、だ。

客はほぼ満員。談治師匠の在家信者で一杯だ。完全なアウェー状態。芸能協会の寄席興行などは決して見に来ない、館川流一筋といった雰囲気の観客である。

幕が上がって、まずは前座で高座に上がる。客も初めは様子を伺っている雰囲気ではあったが、意外に陽気だ。よく笑う。音丸一門の芸風が新鮮なのだろうか。中年男性が八割といった客層だが、前座ながらもやりやすい高座だった。

楽屋に戻ると、どうも雰囲気がおかしい。前座連中がそわそわしている。どうやら談治師匠がまた例のごとく、今日はやる気がしねえと自宅から連絡を入れてきたらしい。うちの師匠はまたか、と言った顔をして高座に上がっていった。高座に上がるとすました顔つきになり、淡々と聴かせる噺をして高座を務め上げた。

突然、茶色のジャンパーにすその広がったスラックス、頭にバンダナを巻き、サングラスをかけた談治師匠が楽屋に入ってきた。まずは無事に談治師匠が楽屋入り、ホッとした雰囲気の直後、今度は前座連中に緊張感が走る。

前座はそれぞれの配置につく。専用のティーパックでお茶を入れる者、お茶菓子を箱から出す者、おしぼりを差し出す者、前座というより談治師匠専属の召使いたちのようだ。談治師匠には一度、うちの師匠のかばん持ちで地方のホール落語会で会ったことがある。

が、かばん持ちの顔など覚えているはずがない。もう一度ちゃんと名前を名乗ろうかどうしようかと迷っていると、音丸が高座から下りてきた。

「いよぉ、音さん、元気かい？」

陽気な声で談治師匠は音丸に呼びかける。家で今日はやる気がしないと悩んでいたとはとても思えない声色だ。ホッとした表情を浮かべる音丸。談治師匠が来なければ、自分がまた尻拭いで高座に上がらなければならない。ホッとするのは当然だろう。

「いやいや、ここんとこ座骨神経痛でね、足の方が……」

「ほう、痛むのかい。そうかい、そろそろ寿命ですなあ」

今度は苦笑いを浮かべた音丸。談治師匠とは同い年、まだ五十六なのである。

同世代でいろいろなしがらみのある間柄、普段はほとんど楽屋で会うこともないだけに、この二人の関係は弟子から見ていても興味深い。どうもうちの師匠の方が頭が上がらないようなのだ。今も続くテレビの大喜利番組・笑伝も、開始当初は談治師匠が司会をしていたらしい。

談治師匠が服を脱ぎ出した。出家信者の最下層集団の前座たちが再び配置についた。ズラッとハンガーにかけられた色とりどりの着物。きっとこの中から、その日の気分で着るものを選ぶのだろう。ほとんどの落語家は独演会などで二席ある場合でも一着か二着、こんなに何着も持ってこさせる師匠はいない。

「よし、今日はこれでいい」

談治師匠が自ら選んだ着物を前座の一人がうやうやしくハンガーからはずし、もう一人の前座が談治師匠の肩にフワッとかける。ちがう前座が帯を差し出す。またちがう前座が袴を差し出す。

「う〜ん、う〜」

苦虫をかみつぶしたような顔をして談治師匠は高座に上がっていった。

待ってました！という談治信者のかけ声。割れんばかりの拍手。高座に座って、お辞儀をすませると、何かボソボソと喋り出した。水を打ったように静まり返る客席。

だんだんと声が大きくなってきた。ポツポツと何か言うたびにワッと笑う観客。マクラの内容はどうってことのない時事的なものなのだが、これが談治師匠のあの顔、表情と口調で毒づかれたら面白くなってしまうのだ。まさに落語界のカリスマたるゆえんだ。

だから落語は業の肯定なんだ。そう言ってから「権兵衛狸」という落語に入っていった。この前座がよく演る噺のどこが業の肯定なのだろう。よく分からないが、それでも客席は沸いている。

下げの言葉とともに深々と床に額をこすりつけんばかりにお辞儀をする談治師匠。またもや割れんばかりの拍手。幕がゆっくりと下りてくる。いくら高座で毒づいても、こうして高座に上がってられるのはお客様のおかげです、そういう感謝の気持ちがこの最後のお辞儀に込められていた。

いつもは自分の出番が終わるとトットと帰ってしまううちの師匠も、談治師匠の高座が終わるまで楽屋で待っていた。楽屋に戻ってきた談治師匠の顔を見届けてから、

「じゃ談治さん、お先に」

こう言って楽屋を後にする。その後ろ姿に談治師匠が
「おう、音さん。今日はお疲れさん。例の件はまた連絡する」

その言葉に答えずにうちの師匠はそそくさと帰って行った。

氷の入ったグラスにビールを注ぐ前座。それをくいっとひっかけた談治師匠、

「カーッ、うめえ！　これがあるから高座やめられねえんだ！」

そう叫んで、前座が湯を張っておいた楽屋の隣りの風呂場の湯舟にドブーンと飛び込んだ。その間にも次から次へと貢物を手に持って楽屋を訪れる在家信者たち。またそのお客さんたちを整理して一列に並ばせる出家信者の前座たち。

とても興味深い光景だったが、やっぱり俺は音丸の弟子になる運命だったのかもしれない。

12

寄席で一番太鼓を叩くのは前座の重要な仕事だ。

ドンドンドントコイ　ドントコイ　ドントコイ、どんどんどんとこい　どんとこい　どんとこい。

お客さんがどんと来い、と願いを込めて叩く。ところがそんな願いもむなしく開演時間になってもお客さんが来ないことがある。

特に平日の昼間などは、そういうことが多い。

楽屋の壁にかけてある埃と煙草のヤニがしみついた時計の秒針だけが、無情にも刻一刻と時をきざんでいく。

もうとっくに前座が高座に上がっているはずの時間だ。やっと一人のお客さんが入ったと表の切符売り場から通知が入った。

それっ、てんで二番太鼓を前座二人が叩く。いよいよ開演だ。こういう場合、前座の持ち時間は長くて五分、いや三分以内がのぞましい。

今日は俺の出番だった。自分で幕を上げ、急いで高座に上がる。

そわそわしていて、見るからに居心地が悪そうなサラリーマン風の中年男性が一人いた。えらいところに入っちゃったな、という顔をしている。

「本当にようこそお越しくださいました。お客様が来てくれなかったらいつまでも寄席が始まらなかったんですから」

こわばった笑いを浮かべる客。あきらかに向こうの方が緊張している。

「ありがとうございます。お金を払ってくれたお客様とはいえ、赤の他人様でございますが、こうして一人でも来てくださったお客様、まるで身内のような気がいたします」

ここでやっともう一人、客が入ってきた。ホッとして席を立つ最初の客。きっとトイレを我慢していたのだろう。おちおちトイレにも行かせてくれない、寄席に来るのはそれなりの覚悟が必要だ、高座から見ていてもそう思う。この後、よく演る小噺を一分くらい喋って無難に高座を務め上げた。

ところがこの高座を聴いていた中堅真打の師匠にこっぴどく叱られた。前座の分際で客をいじるとは何事か、という理由である。

「お前ら前座が客をいじるなんてとんでもねえ。まだまだ早いんだよ」

「すいません。けどいじったというか、失礼なことを言ったつもりはなかったんですけど」

その真打の顔色がサッと変わった。

「お前、いい度胸してるな」

……しまった、やってしまった。もうこの後は何を言ってもダメである。この師匠はただでさえ楽屋のしきたりにはうるさい師匠だ。特に前座には厳しい。さんざんに小言を食らった。だが今日は寄席が終わってもそのまま横浜には帰れない。風邪でダウンした先輩前座が持っているレギュラーのホール落語会に代りの前座として行かなければならないのだ。名人と言われる師匠方もみんなここで腕を磨いたという格式の高い落語会である。

前座は俺と噺家協会の前座の二人。出演者も四派連合だ。普段の寄席の楽屋では会わない師匠方の世話をしなければならない。久々にかなりの緊張をしいられた。

開口一番で俺が高座に上がらせてもらった。

これがまた悲惨な高座だった。誰もクスリとも笑わない。こういう格式の高い落語会では前座ごときは相手にされないと分かっているとはいえ、途中で高座を下りたくなるほど反応がない。そんなに俺の落語はひどいのか？　演ってる最中に嘆きたくなった。

また落語が中盤以降にさしかかると、ぞろぞろと客が入ってきた。最前列の席が空いていると、こっちの高座などおかまいなしに、目の前までやってきてドカッと座る。当然、後ろの客は気が散ってしまう。

それでも平常心でひたすら教わった通りに十分の高座をキッチリと務めなければならな

い。とうとう下げのセリフを言うまで場内に入ってくる客足は途絶えることがなかった。

俺の悲惨な高座の後、噺家協会の二ツ目になりたての兄さんが高座に上がっていった。いきなり最初のマクラからグッと客をつかんでいる。早くもマクラから大爆笑だ。

ええっ、この兄さん、こんなに派手で面白い人だったっけ？

思わず向こうの協会の前座に聞いてみた。

「ああ、この兄さんね。そう、前座の頃は全然目立たなかったよ。ずっとおとなしくしてたんだろうね。二ツ目になったとたん」

高座を指さした。

「これだもんなあ」

高座では自作らしい新作落語を披露している。またこのネタがすさまじくウケている。そうか、この兄さんの高座を最初から見たいから、俺の出番の時にゾロゾロと客が入ってきたんだ。客席を見渡してみると若い女性客も交じっている。

何なんだ、このウケ方、この人気は……。それでもこの高座のクオリティを見ると納得する。

「この兄さんが前座の頃、地方で一度会ったんですけど、今のこの高座、とても想像できませんでしたよ」

うめくようにつぶやいてしまった。

「そうだろ。俺なんか楽屋で一緒に前座をしてたのに想像できなかったよ。けどよく言うだろ」

先輩前座も同じようにつぶやいた。

「能ある鷹は爪を隠すって」

きっとそうなのだろう。能があるからこそ爪を隠すことができるのだろう。それにひきかえ俺は……。

13

今日から師匠と一緒に地方に行く。これから一週間も師匠と一緒だ。晴れ渡った空とは対照的に、たまらなくゆううつな気分で師匠宅へ向かう。今まで今日こそやめよう、行くのをやめようと思いながらも、歩いて五分のこの道のりを毎日歩いてきたが、今日は特にそう思う。

八時ちょうどに師匠宅へ着いた。あいさつをすませ、玄関の掃除をしていると師匠が起きて来た。ひととおり掃除が終わってから、またいつもの小言だ。よくネタがつきないなと思うくらい次から次へと小言が出てくる。もちろんその元凶を作っているのは、俺の態度だということもよく分かっている。ただ、師匠自らのストレスも、小言という形で俺にぶつけているような気もする。とにかくとことんへり下らないと師匠は満足しないようだ。

今朝の小言は長く厳しいものだった。これから一週間の長旅のための戒めもあったのだろう。三十分後にやっと解放されたが、さすがにヘトヘトというかゲンナリしてしまった。一足先に師匠のかばんを持って羽田空港に向かう。

黄金町駅前の橋を渡る時、下に流れるドブ川が目に入った。なぜか足が止まった。

……もうやめようか。さすがに我慢の限界だ。よくもあそこまで言えるよな。冗談じゃない。こんなに毎日一生懸命やってるのに……。

かばんがたまらなく重く感じる。

捨てちまえよ、ドブーンと。悪魔のささやきが聞こえてきた。気持ちいいぞ。すっきりするぞ。後は逃げちまえばいいんだ。はい、さようなら、それでいいだろう。これ以上、この世界にいるとおかしくなるぞ。やっぱりお前には向いてなかったんだよ、この世界は。そうだ、捨てちまえ、捨てろよ、捨てないとお前、ダメになっちまうぞ……。

ハッと我に返った。本当に投げ込もうとしていたのだ、重いかばんを。投げ捨てる寸前で気がついた。あわててかばんを抱え込む。

羽田空港に向かう電車内で自分自身の行動に動揺していた。本当に危ないところだった。かなり追いつめられていることに気がついた。

旅は文志師匠とうちの師匠の二枚看板にその弟子たち、後は色物で女流講談のお姉さんというメンバーだ。これにツアーマネージャーとして協会事務員が同行する。文志師匠の方は文江兄さんという二ツ目の弟子を一人連れてきた。文志師匠は自分の弟子は猫可愛がりするタイプで、楽屋でも弟子の自慢話ばかりだ。それがたまらなくうらやましかった。

「うちの弟子は出来がいいんだ。文江なんか下手な真打よりよっぽど落語が上手い。ネタも百以上持ってるんだ」

羽田空港のロビーに着いたら、文志一門と協会事務員の後藤さんがいた。黒紋付で大きい声で話しているもんだから、騒がしい空港ロビーでもひときわ目立つ。修学旅行生たちも、何、あのじいさん、と言った顔をしてこちらを見ている。

ほめられた二ツ目で女の弟子の文江兄さんは隣りにちょこんと座っていた。男の落語家として育てられた文江さんのことは姉さんと呼んではいけない、あくまで文江兄さんだ。前座時代は凛々しく角刈りにして、文志師匠の内弟子を務め上げたらしい。無口で物静かな雰囲気がまた、わーわーと所かまわず喋りまくる文志師匠と相性が合うのか、とにかく文江兄さんは可愛がられている。

「音丸師匠、明日は九時にロビーに集合ということで」

この旅を仕切っている後藤さんが、席を立っていく師匠に声をかける。

「あ、私も」

俺も一緒に席を立とうとしたが、師匠は、お前はまだ食っててていいから、明日の朝九時前に部屋に俺のかばんを取りに来てくれ、と珍しく優しい口調で言うと、一人部屋に戻って行った。

師匠がいなくなると打ち上げの食事会も雰囲気が変わる。酒を飲まない師匠はやはり酒席ではピリピリした雰囲気を無意識にかもし出す。どこか緊張感があるのだろう。

ビールを二杯くらい飲んだ文志師匠は、湯から上がった猿みたいに真っ赤だ。餃子を食ってはバカうま、ピータンを食ってはバカうまと、何を食ってもゴキゲンだ。飲んで食べてわーわー騒いでいる。そろそろ壁にかかってある時計が十一時を指そうとする頃に、やっとおひらきとなった。

「この日本酒、一本もらっていくよ。部屋で飲んでから寝るから」

日本酒の小さいボトルを手に取ると、顔は湯上がりのエテ公だが、しっかりした足取りで文志師匠は弟子の文江兄さんを引き連れて部屋に戻って行った。どこまでも元気なじいさんだ。ストレスをためないのが一番健康に良い、この師匠を見ているとつくづくそう思う。反対にうちの師匠ときたら……。

やれやれ、やっと自分の部屋に戻った。明日の朝まで唯一気が休まる時間だ。

すぐにシャワーを浴びて、浴衣に着替え、目覚まし時計をセットして、ベッドに横になった。ホッとしたのもつかの間、電話のベルが鳴る。

何だよ、寝る前に電話で小言かよ。重い気分で受話器を取る。電話の相手は師匠ではなく、事務員の後藤さんだった。

「あ、音郎さん。明日ね、十時に変更になったから。一時間遅くロビーに集合ね」

「ああ、そうすか。じゃ師匠に連絡を……」

「いや、師匠にはもう連絡入れといたから」

「あ、すいません。ありがとうございます」

ああ言ってるんだし、師匠の部屋に電話入れることないよな。もう声を聞くのもうっとうしいし、このまま寝よう。

あなたは今日こそクビですっ！

またいつもの悪夢で目が覚めた。ああっ、遅刻か、寝過ごしてしまったか……。ベッドに取り付けてある時計に目をやった。七時五十分……、そういえば昨日一時間変更とか言ってたよな、ということは八時だ、八時に師匠を起こさなければ！　五分で支度をして、急いで師匠の部屋に向かう。ダッシュ、必死だ。なんとか八時に師匠の部屋の前にたどり着いた。

急いで部屋のチャイムを鳴らす。ピンポーン。……返事がない。ピンポーン、ピンポーン、さてはもう下のロビーに行ってしまったか。ドンドンドン、あわてて部屋のドアをたたく。

……は〜ひ……、寝ぼけた声がした。……ん、何か雲行きが怪しいぞ。ちょっ、ちょっと待てよ、一時間って、もしかして、ガチャ、も、もう遅い、逃げられない……。

「……何だ、こんな時間に？」

目をこすりながら師匠が立っている。地獄から蘇生したばかりの死神みたいだ。

「あ、あのう一時間……」

やっと気がついた。そうだ、一時間早くじゃなくて、一時間遅く集合、だったんだ……。

「何だ、昨日電話があっただろ、一時間遅く集合だって。今、十時か？」

「い、いえ、あの、その」

「何だ、何時だ！」

見る見るうちに師匠の顔つきが変わっていく。

「お前、もしかして時間間違えて、起こしたの……か？」

何時だと思ってるんだ、今何時だ、怒りながらベッドの時計のところまでスタスタと歩いて行く。何だ、まだ八時じゃないか！　昨日十時だと言ってたろう。俺が低血圧で、目が覚めたら二度寝できないのは知ってるだろっ、なんで二時間も早く起こすんだあ！

起こすんだあ！と右手を振り上げて叫んだ後、枯れ木が倒れるように、そのままの姿勢でベッドにパタッと突っ伏した。自由の女神が倒れたような形だ。自爆の死神？　それにしても、くたばったのか……？

「あ、あの、すいません、でしたっ。申し訳、ありまっせんっ！でしたっ。いや、ですっ！」

こんな時でもつきまとう文志師匠のトラウマが我ながら悲しい。師匠は返事をしない。もうあきれて返事をする気もおきないのだろう。とにかくこの殺人現場を離れなければと、すいませんです、申し訳なかったです、恐れ入ります、失礼させていただきますと謝罪を繰り返し、タコから逃げるエビのように腰を折り曲げ、倒れた師匠から目を離さず、後ろ向きに歩きながら自分の部屋に戻った。

ああ、大変なしくじりをしてしまった。これでもう旅はおしまいだ。やっと半分、まだ三日もあるのに。さすがにガックリきた。……しかし、くよくよしていてもしょうがない。もうやってしまったことだ。

それにしても、あと二時間もある。悩んでいてもしょうがない。寝よう。浴衣に着替えてベッドに入った。

五分後、ドンドンドンとドアを叩く音がする。

「……はい、どなたですか？」

寝ぼけまなこでドアをあけると、怒りの炎に包まれた師匠が、重いかばんを手に仁王立ちしていた。俺の浴衣姿を目にすると、

「人を起こしといて、もうてめえは寝てやがら！　ほら、これ忘れもんだ、かばん持ってけえ！」

かばんを叩きつけるように手渡すと、師匠は怒りまくって自分の部屋に戻って行った。


それから東京に帰るまでの三日間はほとんど師匠は口を利いてくれなかった。事務員の後藤さんが師匠に何か話しかけても、へん、あたしはこの人に二時間も早く無理やり起こされましたからね、知りませんよ、と必ず二時間早く起こされたということを会話に付け加える。開演前のマッサージもかなり入念におこなったが、それでも師匠の機嫌は直らな

い。本当に大変なしくじりをしてしまったと後悔しても後の祭りだ。反対に文志一門は毎日、楽屋でも街中でもお祭り状態。

ある時、師匠の全身をヘトヘトになりながら長時間マッサージした後、部屋で寝ている師匠を残し、街中に出た。ある土産物屋に入ろうとしたら、中で文志師匠が宴会用のちょんまげかつらをかぶって、わははわははと笑っている。文江兄さんもそれを指さしながら一緒にわははわははと笑っている。その光景を見た時には涙が出そうになった。なんであんなに楽しくあの師弟は旅ができるのだろう。孤独を噛みしめながら、そっと土産物屋を後にして、一人街をぶらついた。

14

なんとか無事クビにならずに東京に戻ってきても、また次の日からは寄席での前座修業が待っている。旅から帰って一週間後、いつものように寄席の昼席が終わって、師匠の家に顔を出した。掃除をし終えてから、クリーニング屋に洗濯物を取りに行き、また師匠宅へ戻る。

「おとうさん、帰ってきてるわよ。何か話があるから三階に来いって」

おかみさんにそう言われた。たぶん、いや、きっと小言だろう。覚悟を決めて三階に上がった。師匠の部屋からは笑伝の大喜利のやりとりが聞こえてくる。またビデオ見てんのかよ、好きだなあ。そう思いつつ、おそるおそる部屋に入る。

「はい、音さん」

「わっはっは、面白いねえ、音さんに一枚」

「一度でいいから見てみたい、女房がへそくり隠すとこ」

ワー！　パチパチパチ。

「はい、音さん」

「金より髪がほしいのよ」

「川田く〜ん、音さんの一枚とって」

「なんでだよ！」

ワー！　パチパチパチ。

「じゃ、音さん」

全部音さんが答えている⁉　師匠は自分が答えているシーンだけを編集してるのか……？　まさに一人大喜利だ……。

今まで書き物をしていた師匠がこちらを振り返って、静かに小言を言い始めた。

今日ある師匠から聞いたんだが、君の評判が悪すぎる。がさつでやることなすこと落ち着きがない。目つきが反抗的だ、音丸さんも変わった、あんなひどい前座をよくクビにしないものだ、私がどれほど恥をかいていると思っているんだ……。

一通りの小言が終わってから、師匠、すいませんでした、これからは気をつけます、本当に申し訳ありませんでしたと、ひたすら平謝りを繰り返した。

この前、師匠が寄席に出演した帰りもそうだった。弟子一同でベンツに乗り込む師匠を見送る時、もうこの人はダメだ、クビだ、こんなに言うことを聞かないやつはいない、可愛げがない。お前たちでこの人をやめさせるように説得してくれと、師匠は兄弟子たちに言い渡した。

師匠を見送った後、音春師匠に誘われて喫茶店に入った。

「いいか、忠告はこれっきりだぞ。師匠に逆らうな。何でもハイハイと言うことを聞け」

いいや、聞いてるつもりなんですが、と言おうと思ったが、それが逆らっているんだよと言われるのは目に見えていたので、黙って音春師匠の言うことを聞いていた。できるだけふてくされた顔をしないようにしおらしい表情をしていたつもりだが、音春師匠に俺の表情がどう映ったかは分からない。

とにかく評判が悪いことは確かだろう。毎朝、師匠の家に行っては掃除をして、その後に小言を言われる。フラストレーションはたまる一方だ。全部自分が原因というのは良く分かっている。それでも一流営業マンのようにニコニコした顔で、物腰柔らかな態度はどうしてもとれないのだ。

俺はかなり精神がささくれ立ってきているのを自覚している。このままでは酒でも飲んで人に暴力をふるいかねない。もっとおだやかな気持ちでいようと思うのだが、前座の期間中はそうもいかない。人に愛される商売を選んだのに、人に嫌われる人間になりつつある。下積み、前座って一体何なんだろう。

酒を飲んでも気持ちよくならない。かえってストレスが膨れ上がっていく。解消するにはひたすら落語の稽古をするしかないのだろうか。師匠の家で、寄席の楽屋で、みんなにペコペコし続けるしかないのか。通らなければならない道だということは分かっているけれども……。このフラストレーション、なんとかならないだろうか。いや、なんとかしないとヤバイ、と真剣に考え出した矢先に転機が訪れた。

転

―ゴングが鳴って出囃子流れて―

1

カーン。不意にゴングが鳴った。

「ほら、行って来い」

パーンと背中を叩かれた。そのはずみで弾かれたように前へ飛び出す。

口の中がゴワゴワしている。マウスピース特有のゴムの不味さが口いっぱいに広がった。早くも吐き出しそうだ。顔にベッタリと塗られたワセリンも気持ち悪い。

それよりも、この頭をガッシリと押さえつけたヘッドギア。それに、十二オンスのグローブがとにかく重い。腕をあごのところまで上げているだけで疲れてしまう。

勢いよく飛び出してはみたものの、俺の真正面に立っているのは……、間違いない、日本フェザー級王者の松田公一。深夜のボクシング番組で何度も見た現役チャンピオンだ。

端正な顔立ちで女性ファンにも人気がある、いかにもアマチュア上がりのきれいなスタイルで戦うボクサーファイターだ。

ニヤリと笑うと左手のグローブを俺の目の前にさし出してきた。

思わず条件反射で俺も左手をさし出す。グローブとグローブがチョコンと交わった。スパーリング前のあいさつの儀式。そのグローブのぶつかり合う感触で、これはかなり手加減してくれるのだろうと勝手に思い込んでしまった。

一瞬、安堵したその直後に、パーン！　目の前が弾けた。残像のようにさっき親愛の情がこめられたと思った松田選手の左手のグローブがスーッと戻っていく。いきなりの左ジャブだった。

ツーンと鼻の先がきな臭く感じたかと思うと、涙が出てきた。

「おら、ボーッとしてんなよ！　油断してるんじゃないよ」

後ろで怒鳴り声がした。あの声はさっき背中を叩いて俺を送り出した、そうだ、大芝会長だ。

俺は今、スパーリングをしているのだ。そしてここはジム内に設置されたリング。やっと我に返った。夢じゃない。このジンジンする鼻の痛みと涙、間違いなく現実だ。

ちきしょう、現役日本王者だろ、こっちは素人なんだ。いきなり殴るこたぁねえだろ。思わずカーッと頭に血がのぼった。力まかせの右フックをブンッ、と振った。ヒョイ、あら、かわされた。またニヤリと笑う松田。なめやがって、ボクシングでは王者かもしれないが、俺の方が年上なんだぞ。

今度は左ストレートだ。ビュンッ、というイメージで突く。スッと松田選手の頭が右に揺れた。まさに紙一重。ブン、ブン、ブーン、右も左もジャブもフックもストレートも関係ねえ、両手を振り回すがカスリもしない。

ボスッ。うっ、腹にズシンときた。アッパーを打ち込まれた。ブハッ。思わずマウスピースを吐き出した。

「ナイスボディ！」

会長の声が後ろから聞こえた。何だよ、ナイスボディって……。ビーチでスタイルのいいビキニ姿のねえちゃんでも見つけたのかよ……。けど、この、ボ、ボディは、き、効いた……。

「ほらほら、マウスピース戻して。松田君は軽くしか当ててないんだから。それにまだ一ラウンド、半分もたってないよ」

……そうなの？　なんて時のたつのは遅いんだ。寄席の前座修業と一緒だよ。また不味いマウスピースをくわえ直してファイティングポーズをとった。こうなりゃヤケだ。力まかせで残りの時間も振り回してやる。それにしても、本当に三分は、長い……。

カーン。やっと鐘が鳴った。

「はい、お疲れさん。ナイスファイト。今日は一ラウンドでいいよ」

やっと終わった。松田選手とガッと抱き合う。

「ナイスファイトでした」

さわやかな笑顔で松田選手は言った。鼻の奥がズキズキしてきた。腹が重い。けど、このすがすがしさは何なのだろう。それにしても、俺はなんでこんなことを始めてしまったのだ……。

2

「ねえねえ、格闘技好きだよね」

毎夜、足を運んでしまう本牧のバーで、いつものように俺は酔っていた。飲まなきゃやってられねえとつぶやきながら、三本目のコロナビールに口をつけた時のことだった。隣りに座っている常連の中年男性客が、カウンターの向こうのバーテンのねえちゃんにこう話しかけていた。

「うん、好きだけど。でもプロレスくらいしか分かんない」

けっ、大して好きじゃねえだろ、それじゃあ。

心の中でつぶやく。ま、波風立てる発言は控えよう。酔ってはいたが、まだそれくらいの判断力はあった。

「ふーん、そうか。プロレスねえ。じゃあボクシング知ってる？」

「ほとんど知らな〜い。少しだけ」

「大芝浩幸って知ってる？」

「あ〜、名前聞いたことある。確かその人、地元の人でしょ」

「知ってんじゃん。その大芝ね、俺の高校の後輩。今度、横浜駅の近くにジムをひらくんだよ。そのオープン記念のパーティがあるんだけど、よかったら……」

「一緒に連れてってもらえませんか！」

思わず身を乗り出して叫んでしまった。その大芝の先輩とねえちゃんが驚いた顔をして俺を見つめ、それから二人で顔を見合わせた。

深夜三時過ぎ、バーからの帰り道、けっこう飲んだはずなのに頭は冴えっぱなしだった。ボクシングかあ。高校時代は空手に熱中し道場に通っていた。だが、顔面を殴り合うボクシングという格闘技に対しての憧れは強かった。

当時、俺の通っていた高校は、プロに転向して全国的なスターになった青井秀和という先輩を輩出したボクシング部が有名だった。しかし学校外でバンドなどもやっていた俺は、学内の部活動の厳しい上下関係に耐えていく自信がなかった。やはり月謝を払って教えてもらう町の空手道場の方が、当時の俺には合っていたのだ。

そして上京して大学二年の春にバイトの合間に汗を流そうと軽い気持ちで目白にある名門のボクシングジム、ソネムラジムに入門したのである。だがこのジムは、学生時代にアマチュアで好成績を残した選手しか相手にしない方針をとっていたのだ。

結局、俺は一年半通ってほとんどスパーリングもさせてもらえずやめてしまったのだが、当時そのジムで光り輝いていたのが、同い年だった大芝浩幸なのである。高校時代アマチュアで無敵だった彼は鳴り物入りでジムに入門、まだ日本王者にもなっていないのに、ジム内でも先輩をさしおき、早くも大物の雰囲気を漂わせていた。そんな大芝にジム会長は「百五十年に一人の天才」というキャッチフレーズをつけてマスコミに売り出した。もちろん俺たちと同じ練習をしていてもまるで扱いがちがう。専用のサンドバッグと練習スペース、会長もトレーナーも付きっきりで指導している。まさにボクシングエリートだった。

あーあ、雑草はどこに行っても雑草なんだよな。どうせ俺なんかどこに行っても何をやっても……。いつの間にかジムから足が遠のき、ボクシングはそれっきりやめてしまった。

あれから十年。世界王者となった大芝浩幸が引退して横浜にジムをオープンする。これは何かの因縁だ。勝手に俺はそう思い込んでしまったのだ。

ジムのオープン記念パーティは昼席の前座仕事があるために行けなかったが、ジム自体は来年の二月からオープンするらしい。来年、九十四年は俺が三十歳になる年だ。最近はずっと悩んでいた。こんなみじめな状態で三十代に突入していいのだろうか？自分で決めた道とはいえ、二十九歳になっていよいよ来年三十代が目前にせまってくると、やはり焦ってしまうのだ。何か自分自身の力で三十代の扉をこじあけることはできないものか。そう悩みながら毎夜酒に溺れていた最中に、ボクシングジムの話だ。

ボクシングのプロライセンスは三十歳になると取得できない。つまりプロテストは三十歳の誕生日前日までしか受験できないのだ。ボクシングをかじっていただけに、それくらいのことは知っていた。

そう、俺にも無理かどうかを試せる時がやってきたのだ。寄席と師匠宅を往復する日々。たまっていくストレス、追いつめられていくような感情、押さえつけられているような気分から逃れるためにひたすら酒をあおる。

こんな生活から抜け出せるかもしれない。いや、抜け出すんだ。ようし、来年一年は禁酒だ。決めたぞ。煙草はもともと吸わないし、よし、コーヒーもやめるぞ。やるぞ、とことん自分を追い込んでやる。今の環境でどこまでできるか、やってやる！

……ただ問題は、やっぱり師匠の許可だよなあ……。

3

「おい、肩揉んでくれ」

いつものように朝、一通りの掃除を終えた直後、師匠にこう言われた。

声の様子からすると機嫌は悪くなさそうだ。話を切り出すとしたら今しかない。自然と肩揉みにも力が入る。

「本当にこの人は肩揉みだけは上手いんだよな」

鼻歌でも歌い出しそうな調子で、師匠は流し台で食器を洗っているおかみさんに話しかけた。

「ええ、これだけが取り得ですから」

口をはさんでも怒られなさそうな雰囲気なので、媚びるような作り笑顔と口調で言ってみた。

「今からでも遅くないぞ、転職は」

毛繕いを受けている年寄り猿のような表情で目を細め、師匠が言う。

「もう二年も頑張ってるんだから。今さら転職なんかできやしないよねえ」

これまたおかみさんも軽い口調でフォローをしてくれた。

よし、今だ。勇気をふりしぼって話しかけてみた。

「師匠、あのう、実は……お願いがございまして」

「何だ」

「習い事に……、通いたい習い事がございまして」

「寄席と家の用事はどうするんだ？」

細めていた目を見開き、怪訝な表情を浮かべ師匠が言う。

おかみさんも、また変なことを言い出したわねこの子は、といった表情で洗い物の手を休めてこっちを見ている。

ワッと汗が吹き出てきた。

「い、いいえ、もちろん、寄席の前座修業と師匠の家の用事に支障をきたすようなことはいたしません！　ただ……」

「ただ？　どうした？」

師匠の肩を揉んでいた手を休め、大げさに首を回し、腕を振りながら、

「最近、なまって……おりまして」

我ながら芝居がかっているな、と思いながらもこう言った。

「なまって？」

「はい、なまってまして」

「そうか、やっぱり君は関西、泉州堺の出だからな。言葉の矯正で標準語を習いにアナウンス学校とかに通うのか？」

あれ？　話がおかしな方に向かってるぞ。焦りながらこう答えた。

「い、いえ、あの……、そうじゃなくて身体を動かす方の……」

「ああ、身体を動かす、踊りか。落語のしぐさには役に立つからな」

「いえ、あの、その……」

「それとも三味線か」

全然話が通じてない。とてもボクシングジムに通うなんて言えそうもない雰囲気だ。それでも覚悟を決めてこう言った。

「前座は体力が必要ですから、スポーツジムに通ってトレーニングしたいと思いまして」

そう、ボクシング雑誌に書いてあった記事によると大芝ジムの正式名称は大芝スポーツジムなのである。女性も気軽に入門できるようにスポーツジムという名称にしたと、大芝自らが語っていたのだ。スポーツジムに通いたいというのは嘘ではない。ボクシングは一応スポーツなのだ。

「前座で楽屋で働いてりゃ体力使うだろう」

「はあ」

「それでもまだ身体を動かし足りないのか」

「い、いいえ、あの本当に、せまい楽屋で働いていると、体力がなくなってしまう気がして……」

「まったく何を考えてるんだか」

日頃、スポーツというものにはまったく縁のない師匠にとって、俺はまるっきり理解できない人間にちがいない。

「まあ通いたいというのならしょうがない。そのかわり前座修業をおろそかにするようじゃ、噺家自体も廃業してもらいますからね」

「は、はい、ありがとうございます。これからもっと噺家としての修業、前座修業を頑張ります！」

「よかったじゃないの」

おかみさんも師匠が機嫌を損ねず許可したことにホッとしたようだ。

まさに天にも昇るような、何かここ二年間の前座修業で心の中でモヤモヤとしていたものがパーッと晴れていくような気分だった。これから先、大変なことは分かっている。ただこの二年間の前座生活でたまりにたまったフラストレーションは、身体を動かすことでしか解消されないことも、自分自身が一番よく分かっていたのである。

4

えっと、どこだっけ。手帳を開きメモした住所と番地を確認しながら歩く。電信柱の番地だと、この辺りなのだが……。

辺りを見回して、と、あった、ここかあ。大通りに面した一階に大芝スポーツジムという真新しい看板が掲げられてあった。

入口のドアは、中が見渡せる総ガラス張りの自動ドアである。練習生がいてトレーニングをしている気配がしない。まだ正式にはオープンはしていないようだ。自動ドアの前に立ってみるが、当然まだドアはあかない。しかし室内をよく見ると男性が三人、フロアに立って話をしている。よく見るとあれは……大芝会長だ。半年前の現役時代に比べるとずいぶんと体型が変わってしまったが、間違いなくあれは大芝浩幸だ。ドアの前に立って思いつめた顔をしているこちらに気がついたのか、スタッフらしき男性がこちらにやってきてドアをあけてくれた。

「何ですか」

「あのう、ジムはまだオープン……」

「ああ、入門希望者ね」

男性は少し安心したような表情になった。

「トレーニング開始は来週からです」

「入門の申し込みは今日できますか」

「あ、ちょっと待っててね」

そう言うとその男性は大芝会長のところに駆け寄って行った。しばらくして愛嬌のある笑みを浮かべながら会長がこちらにやってきた。

「入門希望ですかあ。いやあ、入門希望第一号ですよ」

その声と口調、まさしく現役時代にテレビで見た勝利者インタビューそのままであった。記憶が鮮やかによみがえる。ふくよかになった体型と顔つきはまるで別人のようだが、さすがに声は変わっていない。本人を目の前にしてすっかり舞い上がってしまったのか、自分でも驚くほど取り憑かれたように喋り出した。

二十歳の頃、自分もソネムラジムに通っていたこと、同い年の大芝を憧れの目で見ながら一練習生として一年半ジムに通ったこと、当然ジムでは相手にされなかったこと、そして今、横浜で桂音丸のもとに入門して前座修業に励んでいること、あと半年で三十歳になること、その前にラストチャンスで一回でいいからプロテストを受験したいこと……。

熱に浮かされたように喋りまくる俺の話を、大芝会長は黙ってニコニコしながら聞いていた。面白いやつがやってきたな、といった心境なのだろうか。

こちらが一通り話し終えると、落ち着いて余裕たっぷりにこう言った。

「そうですか、ソネムラジムにねえ。本当にあそこはアマチュアでスカウトしてきた選手じゃないと相手にしない方針なんですよね」

多額の契約金でジムに入門し百五十年に一度の天才と言われた人間だけに、そう言われると凡人のこちらとしては返す言葉がない。それでも聞いてみた。

「こちらのジムもそういう方針ですか」

「いえいえ、アマチュアの経験問わず、老若男女すべて受け入れますよ。もちろん落語家さんも」

ちゃんと面倒を見てくれそうだ。

「来週からプロテスト受かるように頑張りましょう」

会長直々にこう言ってもらえた。心は決まった。

あまり長居もできない。これから浅草の夜席に向かわなければならない。入門案内書と申し込み用紙をもらうと急いでジムを後にした。寄席に通う電車内から楽屋での前座仕事が終わるまで、ずっとテンションが上がりっ放しだった。

ようしやるぞ、やってやる。いくら楽屋で前座をいじめることにしか生きがいを見い出せないような若手真打の先輩からイヤミを言われようが、小うるさい他の一門の師匠から小言を食らおうが平気だった。きっとあと半分、二年はあるであろう前座修業にひとすじの光明が見えたようだった。これから半年間、前座修業とボクシングを両立させてやる。師匠の許可ももらったんだ。もうやるしかない。これから先、とてつもなく大変であろうことはある程度予想はついていたが、とにかくこの日は浮かれていたのである。

5

夜席の前座修業を終え、トボトボと今日も横浜のアパートに帰ってきた。夜席を終えて帰ってくると、もう十一時近くになる。帰ってくるといつもの日課で、部屋の壁に向かいブツブツとネタを稽古する。ここ数週間、寄席への行き帰りにノートを読み続け、カセットテーププレイヤーを聴きながらやっと覚えたネタだ。まだおぼつかないが、なんとかセリフは頭の中に入った。あとは口調を慣らしていくしかない。ノートに書いたしぐさを確認しながら、三十分くらい稽古した。

さて、と。部屋の隅に脱ぎ捨てられたジャージを手に取り、急いで着替える。磯子の根岸神社まで往復四十分のランニングだ。近頃は夜のランニングを日課にするようになった。泥だらけでボロボロのジョギングシューズを履いて部屋を出る。

ジムに通い出して約二週間。毎日基礎トレーニングをおこなっているだけだが、疲れはピークに達している。鏡を見ながらのシャドーボクシング、サンドバッグを叩き、縄跳びを連続四ラウンド。約一時間半のジムワーク。不摂生な生活を送ってきた二十九歳の肉体にはかなりきついメニューだ。慣れない運動のせいか筋肉痛もひどい。が、もちろん寄席を休めるわけがない。疲れがとれないのにまたこうして走っている。我ながらバカじゃねえの、と思いながら暗い夜道をひたすら走る。

はっ、はっ、はっ、はっ……えー、しょうには白き糸の如しなんてなことを申しまして……。走りながらもさっき稽古したネタのセリフが口をついて出る。これが二十九歳、最後の青春なのかなあ。たまらなくみじめな気分になってきた。

彼女にも逃げられ、こうして一人みすぼらしい姿で走っている。落語家として一人前になれるかどうか、プロテストも受かるかどうか……。こんな苦しい思いをして何をやっているんだ。なんでこんなことをやってるんだ、何のために？　落語家の修業に必要なのか、ボクシングジムでのトレーニングが？　こうして走ることが？　ネタをもっと稽古することが、師匠が言ったように踊りや三味線を習うことこそが必要なんじゃないか……？

はっ、はっ、はっ、はっ……。目頭が熱くなってきた。近頃疲れているせいかやけに涙もろい。けどこれって自分に酔ってるんだよな、きっと。ああ、そうか俺はマゾなんだ。

根岸神社の境内に着いた。すばやくお参りする。賽銭も払わずに。

なにとぞ、どうかひとつ。何だか分からないお参りをして走ってきた道を戻る。

酒飲んでクダ巻いてるよりはましだろうよ。ヘトヘトになって部屋に戻る。さすがに汗くさくなったジャージを玄関わきに置いてある洗濯機に突っ込んで、近くの五吉演芸場隣りの銭湯に向かう。

もともとこの銭湯を経営していたおかみさんが芝居が好きで、隣りで演芸場を始めたのだ。その演芸場に子供の頃から通っていたうちの師匠が、自分も三十一日のある月の末日に独演会を始めたのである。それだけに一門には馴染みの深い演芸場だ。

芝居も終わり、この時間は五吉のおかみさんが銭湯の番台に座っていた。もう店を閉めるギリギリの時間なので急いで湯に入る。すばやく身体を洗い、脱衣所に戻った。

「今日はどこの寄席だったの」

おかみさんが聞いてきた。

「新宿末永亭です」

「お疲れさま。好きなの一本飲みな」

ここの銭湯に来るといつもおかみさんがジュースを一本ごちそうしてくれて、かえって恐縮してしまう。

「ありがとうございます。牛乳いただきます」

「前回の師匠の会、入口のモニターで聞いてたけど、あんた上手くなったよ。スジがいいから、きっともっと上手くなるから。これからも頑張りな」

冷たい牛乳を飲みながら、暖かいおかみさんの励ましの言葉を聞いていると、涙が出そうになった。

6

ジムに入門して約二ヶ月。世の中はすっかり春になり桜が満開なのに、俺は毎日ペットの犬や猫に手を焼きながら師匠の家を掃除し、狭い寄席の楽屋でカゴの中のハムスターのように走り回り、汗臭いジムでガンガン、バシバシとサンドバッグやミットを叩き、生身の人間と殴り合っている。だが、身体はすっかりジムでのトレーニングに順応できるようになった。慣れとは怖ろしいものである。

国立芸能場の四月中席は師匠がトリなので、前座で国立の楽屋に入ることになった。そこで一時間は早く楽屋入りし、皇居の周りをランニングすることにした。一周約四十分。十日間、毎日桜の下を走ったおかげで、少しは春の気分を味わうことができた。ランニングを終え、楽屋隣りの浴室のシャワーをこっそりと使い、急いで着物に着替えて一番太鼓を叩く。

この十日間も毎日師匠には怒られた。太鼓の叩き方がなってない、お茶の出し方、着物のたたみ方、とにかくあんたはやることが乱暴だ。朝、うちでも小言を言われるのだが、楽屋でも飽きずに小言を言われた。よくまあこれだけ言えるもんだ、とは思ったが、こちらもそのストレスを、

バンッ!!

サンドバッグやスパー相手にぶつけていた。酒を飲んでるよりもずっと健全だ。

そんなことを考えならジムでひたすらサンドバッグを殴っていたら三分がたった。

「はい、音郎ちゃん、この後スパーね」

会長から声がかかる。

「そろそろスパーも本格的にやるから。そうじゃないとプロテスト受かんないよ」

ギクリ、とした。そうか、いよいよ、か。ここ一週間は軽く当てたり寸前で止める軽いマススパーリングというものをやっていた。週末には大芝会長の後輩、ソネクラジムの現役日本フェザー級王者の松田公一選手がジムに遊びがてら顔を出し、軽く当てるスパーをやってくれた。けどこれだけじゃ、とてもプロテストでは通用しない。プロテストはあくまでも本気で殴り合うのだ。

腰にゴム製のファールカップをつけて、ヘッドギアをかぶり、十二オンスのグローブをはめて、マウスピースを口の中に入れてしっかりと噛む。ゴムの味が口いっぱいに広がり吐き気がする。何度噛みしめても慣れない味だ。トレーナーが顔にベッタリとワセリンを塗ってくれた。

「じゃ今日は一ラウンド、お互い本気で。はい、始め」

カーン。ゴングを会長自らが鳴らした。相手もプロ志望で毎日ジムに通ってきているフリーターの玉川だ。何回か手合わせはした。が、軽いマススパーだったせいか、今まではそれほどの緊張感はなかった。しかし今日は、彼も顔つきがちがう。

力のこもったパンチを振り回してきた。おっと、おっと、おっと。グローブで必死でガードしながら前に出ようとしたその時、ゴン!!

と顔面にパンチが入った。一瞬真っ暗になり、チカッと火花が散ったように見えた。ツーンと鼻がワサビの効いた寿司を食べた時のような感じになった。

「ほら、油断してると当たるよ！」

会長の怒声が響く。何だよ、当たるって。ほら、やっぱり罰ゲームでたっぷりワサビ入りの寿司に当たったんだよ。一瞬、頭が混乱して、スパーをやっていることを忘れてしまった。

ツー。鼻の穴が生暖かくなってポトポトとリングに液体がこぼれ落ち、ハッと我に返る。鼻水かな。いやきっと鼻血だろうなあ。もちろん確認する余裕はない。

「ほら、油断してんなよ！」

またもや会長が叫ぶ。ちきしょう。俺もブンブンと振り回す。何かフワフワしているような感覚でまるでパンチが当たらない。マススパーとは全然ちがう。力が入りすぎてかえってスピードが落ちるようだ。自分のスピードのなさがもどかしい。また、
ズンッ!!

とパンチを食らった。クラァ、と横に倒れそうになった。ちきしょうちきしょう。悔しさを込めて思いきり右フックを振ってみた。

ドンッ!!

と相手の左側頭部にヒットした。初めて手にしたこの感触。ヨロヨロ、相手がトトッという感じで横によろけた。今だ。

カーン。はい、終了！

三分がたった。

「いいよ、お互い、よかったよ」

会長のねぎらいの言葉が飛んできた。

「あ、あひがとう……、ごはいまひたっ！」

マウスピースをぶほぉっと吐き出し、息も絶え絶えでグローブで肩を叩き合う。玉川の目にも安堵の表情が浮かんでいた。彼も怖かったのだ。

本気で殴り合うというのは本当に大変なことなんだな。それにしてもえらいことを始めてしまったものだと改めて思った。

次の日の国立昼席、この日は高座に上がる。

「えー、お笑いを一席……」

ツーッと鼻の穴が生暖かくなり、ポタポタッと高座の床に液体がこぼれ落ちた。スパーとちがい今度は下を見る余裕があった。当然赤かった。

リングかよ、ここは？　俺は落語と格闘してんのか？

そんなことより、国立の高座を俺のけがれた血で汚してしまったことの重大さの方に、サッと血の気が引いた。それでも鼻血は止まらない。手ぬぐいで鼻を押さえた俺を観客は怪訝な表情で見つめている。

「すいません、若いもんで。あちらのお母さんがあまりにもおきれいで、興奮してしまいました」

ドッという笑いに安心したのか、無事鼻血は止まった。

しかし前日を皮切りにスパーがいよいよ本格的になってきた。とにかくまともにズシーンとパンチを顔面や頭にもらい続けたんじゃたまったものではない。高座でも、お笑いをいってき、もうしあげましゅ、と舌が回らなくなってきた。これはヤバイ。玉川もこの前バイト先の喫茶店で、いらっしゃいぱふぇ、って言っちゃいましたよなんてことを言っている。パンチをまともに食らってたんじゃそう遠くない将来、立派なパンチドランカーになりそうだ。

会長やトレーナーからしっかりとしたウィービング、ダッキングを教わることとなった。壁と壁にピーンとヒモを張って、その間をウィービングしながら前進後退を繰り返す。鏡に向かってのシャドーでも、しっかりと顔面をガードしながらイメージトレーニングを繰り返す。ディフェンスの重要さをスパーによって思い知らされたのである。

が、相も変わらず楽屋では、師匠や先輩方から言葉のパンチをもらいっ放しだった。

7

もう何回目になるだろう。今日もスパーが始まった。今日のスパー相手はとにかくラッシュの圧力がすごい。名は柴崎、確か二十四歳だ。

距離をとってジャブでけん制する。が、いきなり攻めてきた。ブンブンと両手を振り回してくる。こちらもよりいっそうガードを上げた。毎日練習しているウィービングでかわす。彼のような大振りだと面白いようにかわせる。十二オンスのグローブでこれだけブンブンと振り回していると体力を消耗しそうなものだが、一向に打ち疲れる様子がない。このタフさがうらやましい。なんとか一ラウンドをしのぎ切った。

見守っていた会長が、

「もう一ラウンドやるな」

当然といった口調でたずねてくる。

「は、はひっ」

近頃は毎日二ラウンドのスパーをこなしている。が、彼のようなパワフルな相手だと二ラウンドはきつい。三十秒のインターバルの後、ゴングが鳴った。また柴崎は振り回してくる。スキを狙って左アッパーをがら空きになった彼のボディに叩き込んだ。

「ウッ」

柴崎が苦しそうなうめき声を上げた。

「ハッ」

彼のウッ、のうめき声に俺は、どうだ、見たかといった感じでハッ、という合いの手を入れた。

「ナイスボディ！」

会長がうれしそうな声を上げて両手を上げた。スパーでボディにパンチがヒットすると、必ず会長はナイスボディ、と叫んでピョコンと飛び上がり両手を上げる。まるでモグラ叩きゲームのようだ。

しかし柴崎が俺のラッキーパンチで倒れるはずがない。落語家のパンチで倒れるようじゃ、プロとしてやっていけるはずがない。ましてや、ウッ、ハッ、と唄の合いの手のような声を出され、落語家にバカにされたと思ったのだろう。目の色を変えて逆襲してきた。やべえ、本気にさせちまった。それからはお互いに必死で手を出し合う激しい打ち合いに突入した。顔や頭、腕、わき腹とすさまじく打ち込まれた。こちらも人生の先輩としての意地がある。必死で打ち返す。このラウンドは長かった。

カーン。やっとゴングが鳴った。

「はい、お疲れさん。両者ナイスファイト！」

スパーをリングサイドで見ていたトレーナーや練習生から拍手が起こった。それだけすさまじい乱打戦だったのだろう。それでもそんな拍手はちっともうれしくなかった。

はあはあ……、何がナイスファイトだ。けっこう打ち込まれ、ダウンしないように必死で応戦しただけだよ。今度高座でも、ナイス落語！ってかけ声をかけてもらいたいもんだ。

「はあはあ、いや、音郎さんっ、ナイスファイトでした。パンチ力ありますよ。効きました」

柴崎が気を使って言ってくれた。スパーが終わると温厚そうな表情に戻る好青年である。

「はいはい、休まないで。音ちゃん、この後サンドバッグ二ラウンド、その後、石川トレーナーにミット持ってもらって二ラウンド。ほら休まない、へばらない！」

殺す気かよ、この後、寄席に行くのに……。けど必死でジムワークをこなすしかない。

なんとかこの日のトレーニングを終え、急いで六区演芸場の夜席に向かう。やはり気分的には昼席を終えて、夜、トレーニングに来る方が楽だ。

しかし寄席の楽屋には、ジムとはちがう緊張感がある。ジムでは気がつかなかったが、寄席に向かう途中の電車内で左わき腹がジンジンと熱くなってきた。どうしたんだろう、そう思いながら楽屋に入る。前座で働いていても痛みは激しくなるばかりだ。この日は高座には上がらなかったが、喋ったり息を吸って吐くだけでもわき腹が痛くなってきた。

次の日の午前中、師匠の家の掃除を終えてから、プロテスト受験用にCTスキャンを撮ってもらった近所の医者に行く。

一通り診てもらってレントゲンを撮った後、先生から話を聞いた。

「こりゃあ、ろっ骨にヒビが入ってるなあ」

こともなげに先生が言う。

「はあ……。どうすればいいですかね」

「うん、これくらいだと自然にくっつくのを待つしかないね。ま、あまり無茶はしないようにね」

「スパーリングとかはどうでしょう？」

「スパーリング？」

「あ、ボクシングの打ち合いです」

「あんまりやんない方がいいね。もっとひどくなる場合もあるから」

高座はダメですかね？と言いかけたが、いろいろと仕事のことを聞かれると面倒くさいので黙っていた。午後一時過ぎ、ゆううつな気分でジムへ向かう。

「今日もスパーやるぞお」

暗い顔の俺を見て、うれしそうに会長は言った。

「実はさっき医者で診てもらったんですが……」

「どうした」

「わき腹にヒビが入ってました」

「ヒビだろ」

あっさりと言葉を返された。

「………」

「大したことないよ。折れてたんなら別だけど。大丈夫だよ。スパーにヒビはつきもんだから。俺なんかも何回ヒビが入ったか」

ずいぶん相手の骨も折ったんでしょうよ。心の中で恨めしそうにつぶやく。

「今日は一時半頃、山内君が来るから。彼となら大丈夫だろ」

山内は十九歳の専門学校生だ。細身の長身、チャラチャラしたカッコをしているが、なかなかどうして気の強いボクシングをする。それでも昨日の柴崎とのスパーのようなダメージは受けずにすみそうだ。

ジムに入門して三ヶ月。最近は毎日のようにスパーをやっている。いつまでたっても慣れない。高校時代通ってた空手でもしょっちゅう組手はやっていたが、これほどの緊張感はなかった。顔面を殴り合う怖さ、そう、ボクシングのスパーリング前にはいつもケンカをする前のような緊張感がある。何かウッとこみあげてくるキナ臭い感じ、これはガキの頃に経験した放課後の決闘前の気分そのものだ。

「会長は現役時代、スパーや試合の前とか怖くなかったんですか」

「そりゃ怖かったさ。けどさ」

力を込めて大芝会長は言った。

「俺はその恐怖を楽しもうと思うようになったんだ。そう、あの緊張感をね。よしやるぞ、緊張するのは注目されてる証拠だって」

「中学生の頃からボクシング始めたんですよね。いつ頃からそういう風に緊張感を楽しめるようになったんですか」

「いつ頃からかなあ。もう忘れたよ」

遠くを見つめるような目つきになった。俺と同い年なのにこの人はずいぶんと大人のような気がする。俺には考えられないような経験をして、大舞台に立ち続けてきたのだから、当然のことかもしれない。こんなに大人びて見えるのは、なにも体型のせいだけではないだろう。

「ちわーっす」

チャラチャラした山内がジムにやってきた。

はあ〜、やっぱりやるしかないか。またキナ臭い嫌な気分がこみ上げてきた。

8

「おはようござ……じゃなくて、ちわっす」

つい、いつもの楽屋のあいさつのようになってしまう。

ちわっすというあいさつが聞こえたのか、会長の奥さんが顔を出した。会長と同い年、ということは俺とも同い年ということになる。

「音郎さんはいつも元気ね」

明るい声で奥さんが言う。練習生、特に女性会員には気を使って明るく話しかける優しい人だ。

「やっぱり落語家やってると声がよく通るねえ」

後ろから会長もひょいと顔を出した。会長夫妻が二十九歳、トレーナーは全員二十代半ば、若く明るい活気のあるジムである。なにしろまだオープンしたばかりなのだ。女性の練習生も何人もいる。女性同士で軽くマススパーもやっているようだ。ソネムラジムしかボクシングジムを知らなかった俺にとって、このジムの明るさには戸惑ってしまう。二十歳の頃、こんなジムに入門していたらなあ、とさえ思う。

「じゃ、今日もスパーね」

いつものように会長が言った。連日スパーをやらせてくれて指導してくれるのはありがたいのだが、顔を見るたびにうれしそうにスパーね、と言われるのには少しげんなりしてきた。

今日の相手は郵便局に勤める山崎という二十三歳の青年だ。公務員だがプロ選手を目指している。アマチュア経験はないのだが、高校時代サッカーで鍛えたバネを武器にスパーでもガンガン攻め込んでくる。

この日のスパーも遠慮なしに攻めてこられた。二ラウンドのスパーが終わるともうヘトヘトだ。口の中も切ってしまった。最近はこれくらいのことでは何とも思わなくなってしまったのが、我ながら怖ろしい。感覚がマヒしてきているのだろうか。

今日の二ラウンドのスパーをじっと見つめている一人の女子会員がいた。年齢は二十代半ば、目のクリッとした小柄のショートヘアーの女性だ。名前は島本裕子、普段は都内勤務のＯＬらしい。一ヶ月ほど前、ジムからの帰り際に初めて声をかけられ、トレーニングの合間にちょくちょくと話をするようになった。今年の秋に大阪で開かれるアマチュア女子ボクシング大会にぜひ出たいと熱く語られたこともある。可愛い顔をしてるんだから何も殴り合うことはないのに、と言いかけたが、話しているうちに気の強そうな雰囲気はこちらにも充分伝わってきたので黙っておいた。彼女は俺のスパーに限らずプロ志望の練習生のスパーをいつも熱心に見つめていた。

それでも、この日は俺のスパーが終わると真っ先にこちらに駆け寄って熱い視線を注ぐと、お疲れさまと言ってグローブをはずすのを手伝ってくれた。

その後はいつものようにサンドバッグやミットをこなし、仕上げの柔軟体操を終え、シャワーを浴びて帰ろうとした時のことだ。

「音さん、電話が入ってるわよ」

会長室から奥さんの声がした。

「へっ？」

このジムに通っていることは師匠を始め楽屋の仲間は誰も知らないはずだ。だとしたら誰だろう……。

一瞬焦ったが、奥さんから女性よ、と言われ、ますます戸惑ってしまった。

「お、もてるねえ。ファンかい？」

会長が冷やかすように言う。

「いや、いませんよ、ファンなんか……。誰だろうなあ。あ、すいません」

会長室に入り、奥さんから受話器を受け取った。

「もしもし」

「あ、音郎さん？　島本です」

「なんだ、裕子さんかあ。さっきジムにいたじゃない。どうしたの」

「いや、ちょっとジムで話せなくて。この後、時間空いてます？」

「いいけど」

「じゃ、横浜駅前のコロンブスって喫茶店、分かる？」

「あ、分かるよ。じゃ今から行きます」

受話器を奥さんに返した。会長がニヤニヤしながらこちらを見ている。

「いや、島本さんですよ。さっきジムにいたでしょ」

「で、何だって？」

「いや、なんでもジムでは話せないらしいんで、帰りに喫茶店で話がしたいって」

「おいおい、そりゃ愛の告白だよ！」

会長がわざと大げさな身振りで驚いてみせた。

「へぇー。音郎さんってもてるのねえ」

奥さんが夫婦漫才のような間で合いの手を入れた。

「いいねえ、音ちゃん。青春だね」

満面の笑みで会長が言う。同い年ですよ、あなたたちと。心の中でつぶやいた。

それでもまんざらでもない気分で指定された喫茶店に向かった。少しワクワクしてきた。

室内に入ると、奥のテーブルでポツンと一人彼女が座っていた。

「ごめんごめん、待った？」

何かデートみたいだ。久しくこんな感覚を味わってないだけに、ワクワクからドキドキに気分が変わっていく。

「いいえ、ゴメンね。忙しいのに」

「いや、もうあとは帰って洗濯して少しだけ噺を稽古して寝るだけ」

「寝る前に稽古？　すごいね。音郎さん真面目だから。けど、なんか音郎さんのこと、いつもジムで見ているだけだから落語やってるところ想像できなくて」

「いや、一応あちらが本業ですから。音郎って名前も本名じゃないからね」

「そうよね」

くすっと笑った顔に可愛いな、と思ってしまった。彼女のジムでは見られない表情が新鮮だったのかもしれない。

注文したオレンジジュースで喉をうるおし、こちらが落ち着いた頃、彼女が真剣な表情になった。

「あの、実は音郎さん」

ほらきた、愛の告白だよ。会長のニヤけた顔が浮かんだ。

「お願いがあってこうして来てもらったの」

「何？　俺でよければ」

「今日音郎さんのスパーリングをジムで見ていて決心したの」

スパーで俺の勇姿を見て惚れてしまったと？　まいったなあ。勝手に想像を膨らませていると、

「音郎さんっ」

力強くこちらの目を見て彼女が言った。

「私とスパーやってくれませんか」

「……へっ？」

「私、前にも音郎さんに言ったと思うけど、秋の女子のアマチュア大会に出たくて。けどジムで女性でスパーをやってくれる人がいなくて。男性もみんな相手にしてくれないの。この前も山内君が渋々やってくれたけど、全然本気じゃなくて遊んでいるような雰囲気なの。その点、音郎さんはいつもスパー、がむしゃらでひたむきにやってるから。女性の私とスパーやっても、きっと本気になって全力でかかってきてくれるような気がするから。ちょうどいいスパーの相手になるかと思って」

……リングじゃなくてベッドでスパーじゃダメですかぁ？　冗談めかして言おうとしたが、彼女の目が本気なので、とてもそんな軽口は叩けなかった。それにしても女性相手に全力でかかってきてくれそうだなんて、一体俺をどういう人間だと思っているのだ、彼女は……。

次の日、ジムの会長室で会長夫妻に昨夜のてん末を話したら、やはり大笑いされてしまった。

「なんだ、じゃこれからホテルでスパーやろうとか言えばよかったのに」

ニヤニヤしながら会長が言う。

「いやあねえ。そういう下ネタ言わないの」

奥さんが顔をしかめて言った。

「いや、まさにそう言おうと思ったんですけど」

「あら、じゃ音郎さんも下ネタ芸人？」

「下ネタ芸人って……。人を下仁田ネギみたいに。けど彼女、目つきがマジなんでとても言えませんでした」

「本当にあの子、可愛いのにねえ」

女性で殴り合いたいなんて信じられない、といった表情で奥さんが言う。

「きっと音ちゃんのスパー見て、このレベルだと私と釣り合いがとれると思ったんだよ」

からかうような口調で会長が言った。

「そうですか、女性と五分五分……」

ため息が出そうだった。毎日毎日血を吐きながら殴り合いをやっているというのに。

「さあさ、もっとレベルを上げるためにも今日もスパーね、男性と」

ニヤけているが、会長の目もマジだった。

9

落語家になって三回目の七月。季節もすっかり夏となり、すさまじい暑さがジリジリとアパート、師匠宅、寄席、ジムと行き来している俺の体力を奪っていく。ここが踏ん張りどころだ。そう自分に言い聞かせて毎日をなんとか生きていた。

落語とボクシング。あまりにもかけ離れすぎていて、はたして自分はどちらも進歩しているのか、両立できずに二つともかえってダメになっていっているのか、自分ではまったく分からない。ただ惰性で日常を送るには、刺激が強すぎることは確かだった。二年目のだらけたような気分の日々とは雲泥の差である。

昨日のスパーでまたあばら骨にヒビが入った。もうこれで三回目だ。すっかり慣れっこになってしまった。拳も腫れ上がり、唇の端も切り、目の周りにもアザを作ってしまった。

三日前にも楽屋で先輩に、

「お前、何だよ、その顔。それにその手。落語家じゃねえよ」

イヤミを言われた。確かに我ながらこの顔はひどいと思う。以前は師匠も俺の少し腫れた顔を見て何か言いたそうにしていたが、今朝掃除に行った時はチラッと俺の顔を見ただけで、もう何も言わなくなった。きっとこいつ夜な夜な街へ出てケンカでもしてんだろう、そう思っていたにちがいない。やだやだ、かかわるのよそう、そんな雰囲気で新聞を読みながら俺に無言で背を向けた。自分でもさすがにちょっとヤバイなとは思うようになったが、もうここまできたら引き返すことはできなかった。

寄席の昼席を終え、夕方ジムに行く前に師匠の家に寄って、掃除をしてペットにえさをやる。師匠とおかみさんは歌舞伎を観に出かけていて、家には誰もいない。

ワンワン、ミャーミャーと足元にまとわりつく犬と猫に缶詰の高級ペットフードを与え、ふくろうのシロちゃんにはミルワームという幼虫のえさを与えた。犬と猫がガツガツとえさに食らいつく音が静かな部屋にひびく。

なぜか無性に虚しくなり、シロちゃんのえさを見つめ、ぼやいてしまった。

「今の俺はこの虫けら以下の存在なんだよな」

「ほお」

えさをついばみ、目を光らせながらシロちゃんが答えた。

「けどな、一寸の虫にも五分の魂なんだよ！」

「ほお」

俺の口から難しい言葉が出たことに驚いたのか、シロちゃんが目を大きく見開いた。

10

ジムに通い出して五ヶ月、ついに七月となり誕生日まで三週間を切った頃、やっと会長がボクシング協会に俺を含め五人の練習生のプロテスト受験の申請をしてくれた。申請してから約一ヶ月はかかるらしい。つまりプロテストを受ける日にはもう三十歳になっているることになる。申請をおこなった時に二十九歳なら、ギリギリでプロテスト受験は可能らしいのだ。

「よくプレゼント応募とかであるだろ。締め切り何月何日まで、当日消印有効ってやつだよ」

会長がのん気なことを言う。

ただプロテストを受ける時、俺はもう三十歳になっているわけだから、落ちたらもう受験することはできない。受験資格は二十九歳までなのだから。まさに一回コッキリ、一発勝負なのである。

真夏の暑さと連日のジムでのハードトレーニング、一日も休みのない前座修業のおかげで、体重は六十キロ近くまで落ちていた。プロテストのスパーリングは当日計量で体重が同じ、もしくは近い者同士で二ラウンドおこなう。当然試合と同じく体重はある程度落としておいた方が良い。対戦相手が誰になるかは当日になってみないと分からないが、向こうも条件は同じである。ある程度体重は落としてくるにちがいない。今まではそれほど体重を気にしないで三度の食事をとっていたが、申請をしてからは体重が気になりだし、だんだんと食事の量を減らしていった。

寄席の夜席でも一人食事をとらないことが多くなった。前座は寄席の興行中、楽屋を出るわけにはいかないので、楽屋の隅でこっそりと素早く食事をとる。その食事も立前座が、下の者のためにパンやおにぎりを買ってきて食べさせるのだ。自分が上になった時でも下の者に食事をとらせ、自分自身は野菜ジュースのみ、というパターンが多くなった。ほおはげっそりとやせ、目つきがより鋭くなっていく。我ながら凶悪な顔になった。寄席の楽屋ではあまり自分の顔を鏡で見ないようにした。その分、ジムではシャドーをしている時など、ずっと鏡の中の自分と向かい合わなければならない。今の自分には寄席よりもジムの方がしっくりくる、それは自分が一番よく分かっていた。

だが、これは厳しい前座修業からの逃げではないか。ふとそんな考えが頭をよぎった。いや、そうじゃない。そんな迷いを振り払うかのように、鏡の中の自分に向かってパンチを繰り出し続けた。

そんな毎日を送り、いつのまにか気がつけば、俺は三十歳になっていたのである。

「ちわっす」

覇気のないあいさつをしてジムに足を踏み入れる。もう八月も半ばになってしまった。この一週間、もしかして来月のプロテスト受験の日には音ちゃんは入ってないかもしれないよ、来月ダメなら十一月だね、と会長からは気の滅入ることばかり聞かされていた。

それでも、今日の午前中にボクシング協会から来月プロテストを受けることが決まった練習生の通知が来ると、昨日聞いていた。

会長は俺の顔を見るとしかめっ面になり、大げさに肩をすくめた。

やはり……ダメだったか？　が、そのわざとらしい大げさな身振りに、もしや、という希望が一瞬芽生えたのである。

「九月十九日、プロテスト決定！」

「……決まったんですか、俺？」

「音ちゃんの名前入ってたよ。本名、吉田真吾、だよな」

「あ、ありがとうございます！」

やっとかあ。泣いても笑っても一回きりのプロテスト。夢にまで見たプロテスト。

大芝ジムにとっても初のプロテスト受験だ。受験生は五人。小柄で金髪の鉄筋工勤務の山岸。高校時代は野球部の四番、ハードパンチャーの大山。長身のアウトボクサーの広沢。柔道経験もあるごつい体格の古川。そして落語家の俺。もちろん三十歳は俺だけ。他は全員二十代前半だ。

ようし、やるぞ。ついに決まったんだ。ジム内で俺の専属サンドバッグと言われている緑色の細長いサンドバッグに向かい、バスッ、バスッと殴り始める。

「おおっ、音郎さん、プロテスト決まってはりきってるよ。いつもより気合い入れて音丸師匠殴ってるよ」

そんな声が他の練習生から聞こえた。そう、俺はいつしかその緑色の細長いサンドバッグを音丸と名づけて殴っていたのだ。叩くとパンパンパンパンパーン！と小気味よい音をさせて跳ね返ってくる黒い小さなパンチングボールは、高座で黒紋付しか着ず、いつも楽屋でガミガミと小言を言う小柄な文志師匠にあやかり、ブンシングボールと呼んで叩いていた。

オトマルサンドバッグやブンシングボール、そしてトレーナーの持ってくれるミットには、楽屋でうっとうしいことを言ってくる憎いあんちくしょうたちの顔を浮かべて、叩き続けた。

11

とうとうプロテストの日がやってきた。ついにこの日がやってきたのだ。

昨夜はグッスリと眠れたせいか、体調は悪くない。

怪我をしてしまったらこれまでの苦労も水の泡だと、会長の指示でここ一週間、ジムでは軽いマススパーばかりをおこなってきた。昨日まではかえってそれが不安であったが、そのおかげで当日こうして万全の体調でプロテストを受けることができる。やはり結果的には良かったのだ。

ずいぶん前から九月十九日は関東に住む親戚の法事がございまして、どうしてもこの日だけはと師匠に頼み、寄席と師匠宅の掃除を休ませてもらったのだ。寄席はともかく師匠の家の掃除はできただろうが、当日の朝、師匠から小言をもらいたくない。そう、今日だけはプロボクサーを目指す一青年でいたかった。

外へ出た。小雨まじりの曇り空だ。こんな天候のような気分で九ヶ月間を過ごしてきた気がする。無我夢中でやってきた。身体中傷だらけになったけど、充実感はあった。寄席からも師匠の家からもジムからも逃げ出さなかったぞ。そうだ、俺はよくやったぞ、だからできる、今日のテストも受かるに決まっている。そう自己暗示をかけながら後楽園ホールに向かった。

電車内ではずっとカセットテーププレイヤーでクラッシュの「ロンドン・コーリング」というアルバムを聴く。大学受験の時もそうだった。ここ一番、勝負だという時は必ずこのアルバムを聴いてきた。身体中に力がみなぎっていく気がした。

水道橋駅に着いた。小雨の中、橋を渡り後楽園ホールに向かう。ホールの入口前に一人立つ。大芝ジムの仲間はまだ誰も来ていないようだ。他のジムの受験生も来ていない。一番乗りだろうか。入口のドアがあいていたので、まだ薄暗いホールへ入ってみた。

ホール内にはすでにリングが設置されている。圧倒的な存在感。思わずリング近くに歩み寄る。ずいぶん広いと感じた。やはりジムの練習用リングとは大きさがちがう。このリング内を動き回ったらかなり体力を消耗するだろう。スタミナは大丈夫だろうか。不安になる。

少し離れた場所からまたリングを見つめる。正方形、なぜか高座の座布団を思い出した。今日一日は落語から離れよう、そう思っていたのに、やはり落語のことが頭に浮かんでしまうのか。

入口の方に戻ると、数名の受験生が来ていた。ジムの仲間の広沢も来ていた。

「音郎さん、早いっすね」

俺を見つけると、緊張しているのか、ひきつったようなぎこちない笑みを浮かべてこう言った。

齢を取ると目的地に早く行くようになるんだよ。

いつも早く楽屋入りをする龍陽師匠の言葉を思い出した。俺もボクサーを目指すには齢を取りすぎているのかもしれない。

会長がトレーナーとともにやってきた。

「いよいよだねえ」

いつもジムで見せる顔とはちがう。

「うちのジム、初めてのプロテストだからさあ、こっちの方が緊張してきたよ」

そう言うと会長は、現役時代を彷彿させる勝負師の顔になった。

二時にプロテストが開始された。まずは下の控え室で筆記テストがおこなわれた。プロボクサーの心がまえ、試合のルールなどを記入していく。大体の内容は把握していたのですいすいと書き入れていく。これで落ちてしまってはシャレにならない。が、髪を掻きむしり鉛筆をくわえ、うなっている受験生がいる。試験官も見るに見かねてアドバイスをしていた。見るからに凶暴そうで頭の悪そうな顔つきだ。どうかこいつとはスパーで当たりませんように、と心の中で願った。

筆記試験が終わると隣りの部屋に移動する。大きな試合用の体重計の前にパンツ一枚で並ぶ。名前とジム名を名乗る。大きな声を出さないと、声が小さい！と係員から怒鳴られる。まるで軍隊だな。そう思った。

「五十九キロ！」

係員の声が響く。そうか五十九キロ。この体重の相手とスパーをするのか。思わず他の受験生を見回した。

その後は健康診断。ドクターから目と膝を調べられ、スパーの許可をもらう。大きな空き缶に入っているゼッケンを受け取る。どれも血がついていて生々しい。俺の番号は九番。上のホールに上がる。

係員が大きな声で言う。

「それではゼッケン番号を読み上げますので、呼ばれた人は壁を背にして並んでいってください。三番、二十四番……」

約半分の受験生が一列に並んだ。

「では次にゼッケンを読み上げられた人は、先に呼ばれた人たちと向かい合うように並んでいってください。十二番、七番……」

はいっ！はいっ！と呼ばれた受験生は向かい合うように並んでいく。

「九番！」

お、俺だ。

「はいっ！」

急いで列に加わる。真ん中あたりか。全員が並び終わると係員が言う。

「では向かい合った者同士で二ラウンド、スパーリングをおこないます。それぞれが同じ体重の者同士です。ではこれから正々堂々とスパーリングをおこなうように、両者握手して！」

「よ、よろしく、お願いしますっ！」

右手をさし出す。ギロッとにらんできた。思わずビビってしまう。

「よろしく！」

ガンを飛ばしながらこちらのさし出した右手をグッと握り返してきた。百八十センチはあるだろうか。相手は長身タイプ。これで五十九キロということはかなり痩せた体型だ。

二十代前半くらいか。俺より当然若く、俺より当然気も強そうだ。

が、以前ボクシング雑誌のプロテスト受験コーナーで読んだ記事を思い出した。

「よろしくお願いします。右かまえですよね？」

オーソドックスかサウスポーか、握手をする際、相手に確認をしておけと記事には書かれていたのだ。

「そうだけど」

こちらの顔をにらみつけながら相手は言った。それがどうした？　そんな顔つきだった。よかったあ。サウスポーとはほとんどジムでもスパーをやってこなかったのだ。相手がオーソドックスなのはありがたい。さっき筆記試験の時、凶悪そうで強そうなやつがいてイヤだったけど、こいつも気が強そうだな。けどあいつよりましか。ホッとした顔をしているのを見て、隣りに並んでいたジムの仲間の大村が笑う。

いよいよスパーが始まった。軽いクラスから始まるのか、最初のスパーはジムの仲間の小柄な金髪の山岸だった。会長が彼にはかなり入れ込んでいるだけあって動きが良い。二ラウンド中、ずっと相手を翻弄する内容だった。出入りの激しい動き、緩急つけたパンチを相手の顔面とボディにヒットさせる。しかし華麗に動き回る彼を見て、俺は急に怖くなってしまった。そのうちに俺の番が来る、ああ、なんてことを始めてしまったんだ。今さらそう思っても遅いのだが、ジムでのスパーとは全然ちがうホールの雰囲気に呑まれつつあった。客席にはポツポツと人がいる。各ジムの関係者たちがスパーの様子を見守っているのだ。喉がカラカラになってきた……。

合格率は約四十パーセント。対戦したどちらかは確実に落ちる。スパー内容が優位だった方が合格、または両者とも見苦しいスパーをすれば落ちてしまう。やはり相手に勝たなければならない。つまりこれはヘッドギアをつけ大きなグローブをはめた二ラウンドの試合なのだ。

どうしようどうしよう、逃げ出したい。そんなことを思っているうちに自分の番が近づいてきた。Tシャツを脱ぎ、上半身裸になり、十四オンスのグローブをつける。ヘッドギアとファールカップ、マウスピース。ジムでのスパーと同じ装備だ。いつもと同じだろ、落ち着けよ。自分に言い聞かせていると、ついに自分の番が来た。

よし、なるようになれ。覚悟を決め、松ヤニをしっかり踏んで階段を上がり、ロープの間からリングに入る。赤いコーナーポスト、俺は赤コーナー側だ。

対角線、青コーナーの方の相手を見る。相手が遠く見える。入ってみるとやっぱり本物のリングは広い。だが、リングに入るとますます落ち着いてきた。反対に向こうの相手の方は、緊張している雰囲気がこちらにも伝わってくる。さっき握手した時は虚勢を張っていたのだろうか。

リング上のライトを見上げる。このプロテストが終了した後、プロの試合がこのリングでおこなわれる。そのためリング同様、照明も同じものを使っているのか。このライト、この会場、そういえば……。

ちゃんちゃかちゃかちゃか、ちゃんちゃーん、ぱふ！

不意に忌まわしい曲のメロディが頭の中をかけめぐった。こ、これは笑伝のテーマ、な、なんで？　こんな時に……。

そうか。ここ後楽園ホールでは笑伝の収録がおこなわれていたのだ。入門直後、一度だけかばん持ちで笑伝の収録をおこなう後楽園ホールに来たことがあった。なぜかそれをこんな時に思い出してしまったのだ。

そうだよ、後楽園ホールなんて俺たち落語家が使ったりしてるんだよ。さっきの下の控え室だって師匠方が楽屋として使ってるんじゃないか。このライトの下で師匠方が何十年も大喜利をやってきたんだ。そう、俺たち落語家にとっても馴染みの深い会場じゃないか。さっきも感じた通りリングだって座布団みたいなもんだ。ここは俺の高座なんだ！　二年と九ヶ月で何回俺は人前に上がったと思っている。俺には舞台慣れという大きな武器があるじゃないか。

なぜか笑い出しそうになった。楽しい気分になってきた。九ヶ月間の努力を披露する時がついにやってきたのだという心境になった。これが会長が言ってた恐怖と緊張感を楽しむってやつなのか。

相手とリング中央で向かい合い、レフリーの注意を聞く。グローブを合わせ、赤コーナーへ戻る。

ゴングが鳴らされた。中央に出て相手と向かい合う。冷静に、落ち着いて、と。まず左ジャブを出した。距離を測るように何発か出し続けた。

かすった。当たるぞ。クネクネと身体を揺らしながらワン・ツー、左、右とストレートを出す。相手も負けじと力んだパンチを出してきた。パーリング、グローブで相手のパンチをはじく。やはり十四オンスのグローブは大きいし重い。また相手がパンチを出してきた。ウィービングでかわすが、ガチッ、こちらの頭に当たった。こちらも反撃、ワン・ツー、左右のストレート、フック、フック！　あら……、突然視界から相手が消えた。

「ダウンー！」

レフリーが叫んだ。え、ダウン、誰が？　俺？　いや、俺は立っている。相手が、ダウン？　マジ？　俺のパンチで？

「はい、ニュートラルコーナーへ」

レフリーに指示されあわててコーナーへ小走りで向かう。チラッと客席を見た。会長、トレーナー、応援に来てくれたジムの仲間たちが俺を見てウオーッ、と拳を振り上げて叫んでいる。右手のグローブを見た。右フックかぁ。少し感触が残っていた。

相手がふてくされたように立ち上がり、レフリーの指示を受けている。グローブを構えなおした。

「はい、再開！」

ダーッと相手に向かっていった。これはいけるかもしれない。またブンッ、ブンッ、とパンチを出す。やはり力んで大振りになってしまっているようだ。自分でも分かる。顔面しか狙っていないぞ、ボディ、上下に打ち分けないと……。とにかく落ち着け、落ち着け。相手も必死の反撃。こちらとしてはカウンターをもらわないように、身体を動かして、とにかく冷静に、打って身体を引いて、また打って身体を引いてを繰り返し、いつの間にか相手を青コーナーへと追い詰めていた。相手が左に逃げる。ロープ際、左へ移動していくところを……、左右のフック。

また相手がいなくなった。

「ダウンー！」

またかよ。マジか？　自分で自分が信じられない。ジムでさんざんスパーをやってきたが、ダウンを奪ったことなんて一度もなかった。

今度はレフリーに指示される前にあわてて自らニュートラルコーナーへ駆け寄って行った。

はあ、はあ……。なんだか現実ではないような……。

その後も立ち上がった相手と打ち合う。もう獣になったようだ。はあ、はあ、はあ。アドレナリンが出まくりだ。ますます大振りになってきた。

「はい、残り三十秒、ラッシュして！」

レフリーのかけ声。残ったスタミナをふりしぼり、ラッシュ。相手をロープ際に追い込む。もう左右のめった打ちだ。ブンブンと振り回すが、力みすぎて、狙いすぎると相手は倒れない。やはり力まずにスッと出したパンチの方が効くし、意表を突くから倒れるのだ。それでもひたすら相手のガードの上からラッシュをかけた。

カーン！

「はい、一ラウンド終了」

赤コーナーへ戻る。レフリーがリングサイドの試験官たちと何やら話をしている。もしや……。

「はい、このスパーリングは一ラウンドで終了」

マジかよ！　ということは、やったな、おい。やったよ！

「あひがとふ……、ござひまひたっ！」

息も絶え絶えに相手にあいさつ。相手も精根尽きた表情をしてあいさつを返した。本当に戦ってくれてありがとう、そんな気持ちになった。

ああ、生きて帰ってこれた。大げさではない。本当にそう思いながらリング下の階段を一段ずつ踏みしめるように下りた。マウスピースを吐き出し、ヘッドギアをはずし、ファールカップを脱ぐ。下のシャワー室でシャワーを浴びた。たった三分間の運動なのに、ずいぶんと汗をかいた。安堵感とともにドッと疲れが出た。

結果的に一ラウンドで終わった。だが、この一ラウンド、たった三分間のために約九ヶ月もの間、歯を食いしばって耐えてきたのだ。四時過ぎ、この日のプロテストがすべて終了した。ダウンを奪い、一ラウンドで終了したスパーは、俺だけだったらしい。

大芝ジム、受験生五人でボーッとホール内のひな壇の席に座っていた。それを取り囲むようにジムの仲間たちが立って興奮気味に話している。十一月は俺たちだな、次回受ける予定の練習生たちは、待ちきれないといった表情でシャドーをしながら話していた。

ジムの後援者が五人に、ホール内で販売しているとんかつ弁当を買ってくれた。全員、ほとんど無言、放心状態で黙々と弁当を食う。

とんかつ……、美味いなあ。噛みしめることができる。ジムでのスパーの方がしょっちゅう口の中を切っていたのを思い出した。

受験生五人とは反対にテンションが高かったのが会長だ。

俺が最初のダウンを奪った時も、いける、こりゃいけるよ！と叫んでいたらしい。会長、自分のことのように喜んでましたよ、会長の側で応援していたジムの仲間がそう言ってくれた。

一時間ほどで合否結果がホール脇の通路のボードに貼り出された。

……吉田真吾、あった、あったぞ！　二度のダウンを奪って一ラウンドでスパーが終了したのだから合格は間違いないと仲間たちから言われていたが、やはりこの目で合格発表を見るまでは安心できなかった。俺みたいにツイていないやつだって、苦労が報われることがあるんだなあ……。

ジムの他の四人の結果は山岸、大山が合格、広沢と古川が今回は落ちた。この日のプロテストは十六人が合格、十九人が不合格だった。

会長とトレーナー、応援に来た練習生たちはジムに戻ってトレーニングをするというので、先に横浜に帰って行った。

一緒に五人で横浜に帰る電車内で大山が聞いてきた。

「音郎さん、これからどうすんの」

「どうって？」

「プロテスト受かって、はいおしまいってわけじゃないでしょ。あんなすごいダウン奪ったんだから。ジムでスパーしたやつら言ってたよ、音郎さん、パンチ重いって。俺もスパーやってそう思ったよ。パンチ力あるよ」

そうだろうか。みんなお世辞のつもりでそう言ってくれていると今までは思っていた。だが現実に今日のスパーで、十四オンスのグローブをつけていたにもかかわらず二度もダウンを奪っている……。

「俺はさあ、これで終わりじゃないんだよね。今日が始まりなんだから。これからチャンピオンになるんだから」

ダウンは奪えなかったが、圧倒的な内容で二ラウンドのスパーをこなした大山は、自信に満ち溢れた表情で言う。今までも彼はジムのスパーでかなりの強さを周りに見せつけていた。会長から大芝二世はお前だ、と太鼓判を押された山岸も、ニヤニヤしながら大山の話を聞いている。この二人は今のジムではトップクラスだもんなあ。それに引きかえ俺は……。

いや、俺どころではない。落ちた広沢と古川はほとんど口を開かず沈んだ表情だ。二人とも若いし、まだまだプロテストを受けるチャンスはあるよ、大丈夫だよと言ってなぐさめるが、そうっすね、と言ったきり広沢は黙ってしまった。古川にいたっては、ずっと床を見つめたままだ。

明暗くっきりの五人は横浜駅で、それじゃ、またジムで、そう言い合って別れた。やったなあ。アパートに戻っても興奮が冷めない。ますます気分が盛り上がってきてしまった。部屋にじっとしていられなくなった。本牧まで自転車を飛ばし、深夜までやっているステーキハウスに一人で入った。サーロインステーキセットを注文する。ドリンクバーで何杯もジュースをお代わりし、サラダバーで山盛りになったサラダをバリバリと食べ、ステーキをほおばり、一人幸せを噛みしめた。一人祝勝会だ。

ふと電車内で言った大山の、

「音郎さん、これからどうすんの？」

という言葉が頭に浮かんだ。

プロライセンスを取った後のことはまるで考えていなかった。

これで終わり？　完結？　自分にとっては奇跡のようなダウンを二回も奪って、プロライセンスを取りました、はい、おしまい、これって勝ち逃げなんじゃないか……？

ま、いいや。今日はとりあえず勝利の美酒、酒は飲んでないけど、コーラで乾杯しよう。酔いしれよう、ひとときの幸せに。そう思った。

12

次の日の朝、六時過ぎに目が覚めた。確か二時過ぎにアパートに戻ってきて寝たのだのが、もう目が覚めてしまった。師匠宅へ行く前にファミレスに行ってモーニングセットの朝食をとる。

もう減量の心配はしなくていい。そして俺は勝った。こんな解放感があるだろうか。レベルがちがうが、きっとチャンピオンベルトを獲って一夜明けた時の選手もこんな心境なんだろうなと思った。

コーヒーも解禁だ。アイスコーヒーをストローで一気に飲んだ。苦味がノドに沁みる。最初にダウンを奪ったゴツゴツの右手を見つめ、左手でさする。

昨日のスパーがヘッドギアなしで八オンスのグローブで殴り合っていたとしたら？　もっと観客が入っているホールで相手を倒したら、どれほど気持ちがいいんだろう？　そんなことをふと考えてしまった。試合、やりたいなあ……。

けどヘッドギアをつけて十二オンスのグローブで殴り合っているジムでのスパーだけでもあんなに顔がはれたり怪我をしてしまうのだ。本当の試合になったら、もう言いわけはきかないだろう。一夜明けたらすごい顔になってしまうにちがいない。

余韻に浸ってはいられない。師匠の家に行かなければ。昨日は一日寄席を休んだし、師匠の家にも顔を出さなかった。しかも今日は近所の関内ホールで師匠の独演会の昼夜公演がある。急いで師匠宅へ向かった。

「おはようございます」

おそるおそる玄関のドアをあけて中に入る。師匠は一階の部屋でパジャマ姿で新聞を読んでいた。当然機嫌は悪そうだ。

「師匠、おはようございます。昨日は一日休みをいただきまして申し訳ありませんでした」

新聞を置き、こちらをにらみつけると静かにこう切り出した。

「なんで夕方にでも家に連絡を入れなかったんだ」

「…………」

「前から用事があるというのは聞いてたよ。けど出先から家に電話の一本もよこせなかったのか！」

「……申し訳ありませんでした」

「それくらいのことができないようじゃ前座失格ですっ！」

出た。敬語。これはかなり怒っている。ひたすら頭を下げて怒りがおさまるのを待った。

ひととおり雷を落とされた後、少し間があいたところで、すみませんっ、これから気をつけますっ、と九十度直角に腰を折り曲げ、掃除にとりかかった。

三階の部屋から階段、二階の部屋と窓、トイレ、一階の部屋と玄関。一日休んだ分、念入りに掃除をおこなった。

午後二時からの公演だが、十二時半に家に来いと言うのでいったん家に戻る。朝からいつもの何倍も怒られてしまい、現実に引き戻されたようだった。師匠宅の重苦しい空気からいったんは解放され、ドッと疲れが出た。こんな気分で昼夜公演の前座仕事をこなせるのだろうか。とりあえずアパートで寝ることにした。あんなに怒られても眠れるのが俺の図太さなのかもしれない。

ホントに憎たらしいやつだよなあ。誰が？　お前。むにゃむにゃむにゃ……。すぐに寝てしまい、セットした目覚まし時計で十二時に起きて、また師匠の家へ向かう。

一階の部屋には、師匠と、今日の公演で中入り後の食いつきの出番に出演する音若兄さんがいた。

テーブルをはさみ、師匠の向かいに座って悠然と煙草をふかしている。師匠と話をしている姿はまるでマネージャーのようだ。

師匠が俺の姿を見ると、また顔つきが変わった。

「なんでジーパンをはいてるんだ！」

「……あっ、すっすいませんっ！」

「こういう営業の仕事はちゃんとスラックスをはいて来いと言ってるだろう！」

そうだった。近所というのでついうっかりしてしまった。普段寄席に行く時はジーンズでもかまわないが、営業などで地方公演に行く時はやはりスーツ、もしくはブレザーとスラックスを着るようにと入門した時に言われ、ずっとそうしてきた。師匠の世代にとってジーンズはあくまで作業着なのである。

「すみません、すぐ着替えてきますっ」

「もういい！　そんな時間などないだろっ。ギリギリに来やがって。十二時半と言われたら十二時二十分、最低十分前には来るもんなんだ。音若を見ろ、十二時には来てるぞ！」

……早すぎる。俺が十二時に来ていたら、十二時半だと言っただろ、こんなに早く来やがって、こっちにも都合があるんだ、とまた怒られたことだろう。

師匠にハマッている音若兄さんはそしらぬ顔をして煙草を吸っている。酒が飲めない分、煙草をこよなく愛する師匠にとって、一門で唯一煙草を吸う音若兄さんは大事なパートナーなのかもしれない。

「昨日どこに行ってたかはしらんが、気が緩んでるんじゃないですか！」

また出た。敬語だ。一日に二回も出るとは。相当怒らせてしまった。が、確かに気は緩んでいる。ひたすら謝ってタクシーの中でも小さくなりながら関内ホールへ向かった。

やはり師匠の地元ということで関内ホールは昼の部から満員。近県からバスで団体ツアー客も来ているようだ。そんな地方客の期待度も場内に充満した中、開口一番で高座に上がる。約千人の客、ほとんどがおばさんたちだが、よく笑う。マクラで何か言うたびにワッと笑いが返ってくる。音丸の弟子というだけで好意的に聞いてくれているのだろう。ネタに入る。「饅頭怖い」を演った。笑いに来ましたという雰囲気の客だけに、ネタに入ってもわーわーとウケる。

噺は下げ間近、クライマックスの場面にさしかかった。

俺が本当に怖いのは饅頭、と言って隣りの部屋で寝込んでしまった鉄っつぁん。その鉄っつぁんを驚かそうと、枕元にたくさんの饅頭を置いた他の連中。鉄っつぁんが驚いている姿をのぞいてみようと、連中がふすまをあける場面になる。

ふすまを小さくあけて中をのぞくしぐさの場面で気がついた。この噺は深丸師匠から教わったのだが、音丸からそのふすまをのぞくしぐさはおかしい、こうやってのぞくんだと指摘されたのだ。それ以来、音丸に言われた通りのしぐさでこの噺を演っていた。が、久々に演ったネタだったので、音丸に注意されたしぐさを忘れてしまっていたのだ。習慣というのは怖ろしい。最初に深丸師匠に教わったまま演ってしまった。

やべえ……。ま、やってしまったものはしょうがない。師匠はきっと楽屋にいて俺の高座は見てないだろう……。

なんとか高座を終え、師匠と交代し楽屋に戻る。ムッとした顔で高座に上がる師匠を見て一瞬嫌な予感はしたが、とりあえず師匠が高座に上がってマクラを喋ってネタに入るのを見届けてから、楽屋に戻る。楽屋に置いてあるテレビは、高座の模様を映すモニターのチャンネルになっていた。師匠の高座の様子がハッキリと映し出されている。

「師匠、お前の高座、このモニターで見てたぞ」

「…………」

「まったくあいつは俺の言うことをまったく聞きやしねえ、って怒ってた」

本当に要領の悪いやつだな、といった顔で音若兄さんが俺を見る。この兄弟子に比べると本当に俺は怒られっ放しだ。呆然としていると、

「けどまあ、やっちまったもんはしょうがないよ。謝るしかないよな」

こう言って慰めてくれた。

師匠が高座から下りてきた。楽屋に戻ってくるなり脱いだ羽織をこちらにたたきつけるように投げつけながら、

「どうして俺の言うことが聞けねえんだ、バカヤロー！」

と怒鳴った。すいませんすいません、とひたすら這いつくばって謝る。申し訳ございませんだ、オラえらいことをしちまっただ、お代官様ぁ、許してくんろ。無礼打ちを免れようと必死に懇願する農民のように土下座して謝り倒した。

「そんなに俺の言うことが聞けないのなら、噺家やめちまえ！」

少し間を置いて師匠の怒りが少しおさまった頃に、音若兄さんが話題をそらすように師匠に話しかける。この間は絶妙だ。だからこそ師匠はこの人が手放せないのだろう。

それから夜の部までのあいだの楽屋は長かった。師匠の機嫌を直そうと肩や腰を揉む。これしか怒りを静める方法がないのだ。ひたすらヨイショするように師匠の全身を揉んだ。

夜の部も満員。今度はちゃんと師匠から教わったとおりに高座をこなし、楽屋でも気を使う。師匠と音若兄さんだけなので寄席の楽屋とはちがう雰囲気だが、今日は師匠がかなりご立腹だった。やたらと気を使い、心身ともに疲れてしまった。

帰りも師匠の家までご一緒し、片付けを終えてやっと自分のアパートに戻る。昨日も長い一日だったが今日も長かった。昨日が夢のようなら今日は現実だ。ただこの現実とこれからあと最低でも一年三ヶ月は向かい合わなければならない。夢を見ているヒマなどないのかもしれない、前座の間は……。

13

関内ホールでの落語会の三日後、横須賀でアマチュアのボクシング大会があった。プロテストに応援に来てくれた何人かの練習生がこの大会に出るので、夜席の寄席の楽屋に入る前に応援に行った。十二時頃、会場である横須賀体育館に入ると、すでに試合は始まっていた。

会長を取り囲むようにジムの練習生たちが集まっている。俺を見つけるとみんなが、おっ、プロが来た、プロボクサーだ、すげえなあと冷やかしてくる。まんざらでもない気分だった。俺とスパーがやりたいと告白した島本裕子もいた。

「おめでとう、音郎さん。ダウン何回もとって、一ラウンドでレフリーストップらしいね。すごい」

少し話が大きくなっているようだ。また私とスパーやって、と懇願されると面倒なので、いやいやまぐれ、と言っておいた。

「いや、まぐれじゃないよ」

不意に会長が話に割り込んだ。

「十一月、横浜文化体育館で島川の世界戦があるのは知ってるな」

「ええ、知ってますが……」

島川というのは大芝会長の後輩、俺も通っていたソネクラジムの選手で、彼が十一月に横浜文化体育館でメキシコ人の世界チャンピオンに挑戦するのだ。

「その興行の前座でどうだ？　第一試合、ガウンの代わりに着物で入場。入場曲も寄席の出囃子。ウケるよ、話題になるよぉ」

「ええっ⁉」

……考えても見なかった。俺がプロのリングへ。しかも横浜文化体育館……。一瞬リングで試合をする自分を想像してしまった。そして目の前のリングでは、この前応援に来てくれたジムの仲間が、アマチュアではあるが試合をおこなっている。

上がりたくなってきた……。

怖い、という気持ちより、プロのリングでどれくらい自分ができるのか試してみたい気分になってきた。ただ師匠の地元の横浜でそんな試合をやれば、必ず師匠の耳に入るだろう。ましてや、試合後に普通の顔ですむはずがない。八オンスのグローブで殴り合うのだ。師匠にははっきりと言わず連日スパーをおこなってきた、そして内緒でプロテストも受けた。二ツ目ならまだしも今の身分は前座なのだ。バレたらきっと、そうですか、吉田さん、じゃボクシングで頑張ってくださいね、そう言われて今度こそ本当にクビになってしまうだろう。だが今はプロのリングで試合をやってみたい気持ちが強くなった……。

迷っている時はやはり気が集中していないのか、ここ数日は師匠にも、楽屋の他の師匠や先輩にも、怒られっ放しだった。ジムに行ってサンドバッグを叩いても何かが変だ。気が乗らないのだ。目的があってサンドバッグを叩くのとは全然気持ちの入り方がちがう。

そんなある日の昼下がり、ジムに行くと会長から会長室に呼ばれた。

「やっと届いたぞ」

「ありがとうございます。待ち焦がれておりましたっ」

「1994. FEATHER WEIGHT. RING NAME. OTORO KATSURA」と、ローマ字で書かれてあった。

夢にまで見たライセンスカードだ。会長から契約書を渡されて、記入し判を押す。

「いやあ、俺もジム始めたけど、落語家がプロ第一号になるとは夢にも思わなかったよ」

「そうでしょうね」

二人で笑った。

会長室を出て、トレーニングウェアに着替えるため、ロッカー室に入る。着替える前にもう一度ライセンスカードを手に取り、じっくりとながめた。

「音郎さん、ニヤけてますよ」

練習生の一人がそんな俺を見て冷やかした。

「てへへっ」

照れ笑いを浮かべ、それでもしつこくカードを見つめていた。

フェザー級かあ。五十七・一五キロ。今現在は六十キロ。あと二・八五キロの減量でリングに上がれる。リングネーム、カツラオトロウとして……。

そうだよなぁ……いくら前座とはいえ俺が落語家、特殊な商売をやっているからこそ、会長もトレーナーも熱心に指導してくれたんだろう。

週に一回、ソネクラジムから現役の日本フェザー級王者が来て軽くスパーをやって実戦指導をしてくれた。ジムの仲間たちもスパーで手加減せずガンガンぶつかってきてくれた。

そう、それもこれも俺が落語家、桂音郎だったからだ。そりゃ中途半端にトレーニングをしていたら相手にもされないし、受かってはいないだろう。いや、テストも受けさせてもらえなかったにちがいない。だが、もし俺が一般の練習生だとしたら、いくら一生懸命トレーニングをしたとしても、ここまでみんながサポートをしてくれただろうか……。

俺はソネクラジムで相手にされなかった二十歳の頃のリベンジをしたかったのかもしれない。そのために今の落語家という肩書きを利用しただけなのか。今の前座という人並みに扱ってもらえない境遇から現実逃避し、大芝ジムで特別に扱ってもらいたかったのか。

そしてこのオープンしたばかりのフレッシュなジムでは、皆が俺を歓迎してくれた。

さすがに俺は格闘技の初心者ではない。そんな俺が約九ヶ月間、あのトレーニングメニュー、あれだけのスパーをこなしたのだ。そりゃプロテストにも受かるだろう。

そしてプロボクサーになっても、俺は桂音郎なのだ。どこまでいっても落語家なのだ。落語家をやめたらどうなる？　ただの三十歳の四回戦ボクサー、吉田真吾になってしまう……。

どうにも気が乗らないトレーニングをこなし、六区演芸場の夜席に向かう。地方から来た観光客、常連の酔っ払い、新聞勧誘のサービスでもらった招待券の客、高齢の客層に驚いてしまい小さくなってる若いカップル、ワケありげな中年カップルと、さまざまな客が今日も客席でひしめきあって演芸を楽しんでいる。

久々にこの寄席の高座に上がった。プロテストに受かってから寄席では初の高座だ。前座の俺の落語でも、よく聴いてくれて笑ってくれた。

自分の高座を終え、おあとと交代するために座布団を引っくり返す。一瞬、座布団がリングに見えた。

いろいろあった。真剣にスパーを始めた頃はまともにパンチを食らってしまい舌が回らなくなってしまったこと、高座で鼻血が出てきたこと、ヒビの入ったろっ骨を押さえながら前座仕事を務めた日々、思えば濃密な九ヶ月間だった。そしてやはりここ、この座布団の上が俺のリングなのか……。

夜席を終えて一人横浜に帰る電車内、ずっとこれからのことを考えていた。そして気持ちが固まった。

やはり明日、ジムで会長に伝えようと思う。プロボクサーとしてリングに上がる件はお断りしよう、そして今年いっぱいでいったんジムでのトレーニングも休ませてもらおう、そう、二ツ目になってジム通いを再開してから考えよう、と。

会長のガッカリした顔が目に浮かんで、申し訳ない気持ちになってしまった。

だが、すぐに俺みたいなやつのことは忘れて、山岸、大山のデビュー戦のことで頭がいっぱいになるだろう。会長はこれから若いやつらをどんどんサポートしていかなければならないのだ。

俺と会長は同い年だというのに、俺はボクシングではデビュー前に挫折した四回戦ボーイ、落語家としても四回戦ボーイで勝ったり負けたりを繰り返している前座なのだ。そして彼は元世界チャンピオン。しかし会長としてはやはり四回戦ボーイ、デビュー前だ。

ふとジムで会長が言っていたことを思い出した。オトマルサンドバッグをバシバシと叩いていた俺のそばにやってくると、こう言った。

「音丸師匠ってさ、ボクサーでいえば文句なしに世界チャンピオンだろ」

「はあ、はあ、はあ……。そうですか？」

「そうだよ。だって全国に知られてる落語家じゃない。俺たちだってそんな世界チャンピオン、数えるほどしかいないよ。笑伝だっけ？　あの番組何年出てるの。ずっと防衛重ねてるようなもんだよ。すごいよ」

「そうですかねえ」

「そうだって。音ちゃんはその一門にいるんだから。名門ジムのエリートみたいなもんだよ」

「ソネクラジムでの会長みたいなもんですか。会長が百五十年に一度の天才なら、俺は十五分に一回の天才かな……」

「音ちゃんも落語界の世界チャンピオンを目指さないとな」

不意に師匠の顔が思い浮かんだ。電車内の窓から映る夜景、川崎の工場地帯を走り抜ける。てっぺんで眩しくライトが光る細長い煙突が、煙草をふかしている師匠に見えた。

落語界の世界チャンピオンを目指せ、かあ。

結

——カゼとマンダラを使え——

1

やはり一日も休みがないというのはつらい。前座修業で楽屋入りをしてから三年と三ヶ月がたった。あっという間、ではなかった。毎日毎日指折り数えてご奉公をこなしている、そんな心境の日々を送ってきた。

それでもついに四回目のゴールデンウィークに突入した。五月上席の前半は大勢のお客さんが寄席につめかけるので、楽屋も自然とにぎやかな雰囲気となる。

幻右師匠が楽屋入りしてきた。いつも幻右師匠は楽屋でニコニコしながら前座の入れたお茶を飲んで、主に下ネタを中心に昔話をしてくれる。

この日もふんふん、へぇーそうなんですか、とあいづちを打ちながら幻右師匠の話を聞いていた。すると幻右師匠が突然思い出したように、

「ところで音郎くんは楽屋入りしてもう三年以上たったよね」

ドキッとした。

「は、はい。三年と……三ヶ月です」

「そうかい、もうすぐ三年半か」

少し考えているようだ。

「来週、役員会があるんだよ」

月に一回、協会では上の師匠方、幹部の方々で理事会議がおこなわれるのだ。幻右師匠も理事の一人である。いつからか二ツ目昇進の件を議題にかけてくれるのは、幻右師匠の役目になっていた。

「役員会で議題にかけてあげるから」

「は、はいっ、ありがとうございますっ」

そうかあ。ついにそんなところまできたかあ。二ツ目昇進、その日のことを考えただけでもドキドキしてきた。


「師匠、掃除終わりました」

ムスッとしたまま新聞を読んでいる師匠の顔が、一瞬フッとやわらいだ気がした。

いつもはこの後にいくつかの小言を食らうのだが、今日の表情だとそんなことはなさそうだ。いきなりこう聞かれた。

「クラがいいか、ヘイがいいか」

「…………」

なぞかけ？　いや、禅問答のようだ。

だがここで、師匠、それはどういう意味なんでしょうか、などと尋ねては噺家失格だ。朝で頭があまり回転しないのだが、それでも答えねばならない。師匠は厳しい口調ではなく、おだやかに聞いてきたのだ。

これは、きっと……。先日、楽屋で幻右師匠がかけてくれた言葉を思い出した。二ツ目昇進、名前のことだ!?

クラ、音クラ、音蔵、オトゾウ……。

ヘイ、音ヘイ、音平、オトヘイ……。

そりゃ、だんぜん、

「ク、クラがいいですっ」

「そうか」

そう言うと師匠は、いつものようにしかめ面に戻り、また新聞を読み出した。

「あの、それでは寄席の方に行ってまいります」

「はい、ごくろうさま。しっかりやってくるんだよ」

台所で洗い物をしているおかみさんが声をかけてくれた。

そうか。音蔵、う〜ん、音蔵ねえ。何かカッコいいな。音郎と比べると重みがある名前だよ。

寄席の楽屋でも自然と顔がニヤけてくる。楽屋には隅の方の壁際に立前座用の机が置かれている。立前座がその机の前に正座してネタ帳を書いたり、壁に貼ってある出番表に出演者の入れ替えや代演者の名前を書き込んでいくのである。机の上には不用になった紙を細かく切ったメモ用紙が束ねて置いてある。この日は一日中そのメモ用紙に何回も、桂音蔵、と筆で書いては一人ニヤニヤしていたのである。

今日が幻右師匠が言っていた待望の役員会議の日だ。楽屋で前座で働いていても落ち着かない。本当に幻右師匠は言ってくれるんだろうか。ついうっかり忘れたりはしないだろうか。うちの師匠が、あいつを二ツ目にするのはまだ早いです、なんて言ったりしないだろうか。そんなことを考えているとそわそわしてしまって、まるで仕事が手につかない。

続々と役員会に出席した理事の師匠方が楽屋入りをする。皆、俺の顔を見ると何か言いたそうにしているが、何も言わない。

これには理由がある。どの師匠も七年前に起きた一件を覚えているのだ。その当時、音助兄さんが立前座で、今日の俺のように音助兄さんは楽屋で役員会議での二ツ目昇進決定をそわそわしながら待っていた。そこへ楽屋入りしてきた幻右師匠が音助兄さんに、おめでとう、二ツ目昇進が決まったよ、と言ってしまったのだ。

昔、楽屋で幻右師匠の趣味の女装用のネックレスがはずれて落ちた時、師匠、じゅずが落ちましたぁと言って楽屋を震撼させた忌まわしい過去の事件があるのに、なんという暖かい言葉をかけてくれたのだろうと音助兄さんは感激して、

「うお〜、師匠、ありがとうございます！　うれしゅうございますっ！　うっうっ」

身体をわなわなと震わせ、うれし涙を流したらしい。

それからは下の前座たちに、今日はめでたいぞお祝いだ！と、寄席の近くのレストランからカツカレーの出前をとって振る舞ったそうだ。

うわっはっはっはっ、どんどん食え食えと大判振る舞いをしているまではよかったが、何を血迷ったのか、自分の師匠である音丸の自宅に楽屋から電話を入れてしまったのだ。

「師匠、ありがとうございます！　楽屋で幻右師匠から伺いました。二ツ目昇進できました！」

「私はあなたをまだ二ツ目に昇進させた覚えはありません」

突き放したように冷たく言うと、音丸はガチャンと電話を切ってしまったらしい。

天国と地獄。さっきまでのはしゃぎっぷりからの落差はまさにそんな感じだったと、当時、音助兄さんの後輩前座だった者は口をそろえて言う。

あわあわあわわ、お、俺ちょっとマズいことになったから横浜の師匠んとこへ戻る、カツカレー俺の分食ってていいから、こう言い残し音助兄さんは一目散に横浜の師匠宅へ戻った。

当然、師匠の怒りはすさまじかったらしい。無理もない。幻右師匠と音丸は同じ一門なのだが、あまり相性は良くない。落語家としての美学にこだわる音丸としては、晩年の幻右師匠の女装は到底理解しがたい行為であったにちがいない。その幻右師匠から先に楽屋で二ツ目昇進の報を聞いたというのだ。実質上、前座から育てた子飼いとしては一番弟子の音助兄さんには、二ツ目昇進の報は自らが伝えたかったに決まっている。

ひたすら音助兄さんは謝ったのだが、師匠は二ツ目昇進は取り消します、うちの一門もクビにします、幻右さんのとこへでも行ってしまいなさい、と怒りが収まらない。そこをまああとりなしてくれたのが、やはりおかみさんだった。

いやあ、あの時はまいったよ、わっはっはっ、と当時のことを思い出し、音助兄さんは豪快に笑う。

だから俺も楽屋で、役員会議に出席した理事の師匠から事前に聞いていたけど、師匠の家に顔を出した時に初めて聞くようなふりをして、師匠から二ツ目昇進を聞いたんだ、と醒めた口調で音若兄さんが言っていたのを思い出した。

とにかく音助兄さんの一件があったから、理事の師匠方も気を使って何も言わない。ただ雰囲気でなんとなく決まったな、ということは分かった。ここでお祝いの食事を出すと音助兄さんの二の舞になるから、今日はハンバーガーでガマンしてくれ、明日うな丼取るからさ、と後輩前座たちに言い残し、昼席が終わると一目散に師匠宅へ向かったのである。


「師匠、昼席に行ってまいりました」

師匠はムスッとしたまま、黙って俺の報告を聞き、一呼吸おいてから口をひらいた。

「今日、役員会で君の話題が出て」

「はい」

「私はまだまだ覚えさせなきゃいけないことがあると言ったけど」

「はい」

「他の人たちがとりなしてくれたから」

「……はい」

「来年、二月一日上席より君の二ツ目昇進が理事会議で決定した」

「あ、ありがとうございます！」

「よかったわね、おめでとう」

おかみさんもホッとしたように祝ってくれた。

「ただし」

師匠がきつい口調で言った。

「二ツ目昇進が決定したからといっても、あと半年以上もある。気を抜いて前座修業をおろそかにするようじゃ、すぐに協会に電話して昇進を取り消してもらいますからね」

さすがに師匠、釘を刺すことも忘れない。

「はい！　あと九ヶ月間頑張ります！」

「あと九ヶ月じゃない。二ツ目になってからもです。噺家の修業はずっと続くんです」

「は、はい！　これからもご指導よろしくお願いします！」

上半身を九十度に下げたままの俺に、師匠はこう聞いてきた。

「ところで名前はどうするんだ」

「へっ？」

そうか、やっぱり名前が変わるのか。

「以前師匠がおっしゃってくれたクラの方で」

「そうか。じゃオトゾウだな」

「はい、ありがとうございます！」

「よかったじゃないの。音蔵、良い名前よ」

またおかみさんが絶妙の合いの手を入れてくれた。

しかしそれからはまたいつもの師匠の小言が始まった。本当にこの人は強情な性格をしている、音助も音若も前座の頃はこの人ほどは逆らわなかった、とおかみさんにもぼやき出した。おかみさんがまあまあといつものようにとりなしてくれて、けどそういう強情な人ほど将来モノになったりするものよ、と言ってくれた。

自分としてはまったく逆らっていないつもりなのだが、すぐ感情が顔に出るせいか、師匠から小言を食らうとムッとした顔をしてしまうのかもしれない。申し訳ありません、と謝っても、しおらしい顔を作ることができないのだ。

「素直な人じゃないとモノになりませんよ！」

おかみさんにもきつく言い返したので、おかみさんも黙ってしまった。

さすがにもういたたまれなくなって、

「どうも、ありがとうございました。これからも頑張りますので、師匠、おかみさん、よろしくお願いいたします」

そう言って家を出た。

アパートに戻る途中で馴染みの定食屋に寄った。

「おばさん、ビール一本ね」

無愛想なおばさんがテーブルにどん、と瓶ビールとコップを置いていった。手酌でコップに注ぐときゅっと飲み干した。

ぶはーぁっ。ため息とも安堵ともつかない息を吐き出した。今年に入ってからはほとんど毎日飲んでいる。去年一年禁酒した反動なのかもしれない。ジムに通っていたのが、何年も前のことのようだ。コップの中のビールから浮かび上がっては儚く消えていく無数の泡を見つめながら自問自答する。

あ〜あ、俺はこれからどんな落語家になっていくんだろう。自分でもまったく予想がつかない。困ったやつだなあ、我ながら……。

ふとビールだけで食べ物をまだ何も頼んでいなかったことに気がついた。

「おばちゃん、ビールもう一本追加ね。それと冷奴と枝豆、さんまのひらきとほうれん草のおひたし」

はいよ、というおばちゃんの気の抜けたような返事が返ってきた。

まいったな。二ツ目に昇進が決まったとたん、急に将来のことで不安を感じるようになってしまった。ま、いいか。今は残りの前座期間、クビにならないように頑張るだけだ。悩みはまだまだ先のこと。そう考えると少し気が楽になった。

2

ある日楽屋に、師匠と付き合いのあるプロダクションの社長から電話がかかってきた。

「あ、音郎くん。実は来週、富山で地元の富山ほたるいかテレビ主催のイベントがあってね、その司会をぜひ音郎さんに頼みたいって」

「ちょっ、ちょっと待って下さい、何ですか、それは」

「ほら、去年、うちの会社が頼んだ富山での音丸師匠の落語会、君が前座で出たよね。その時、ほたるいかテレビの関係者が会場に観に来てたんだよ。で、君の高座を観て、あの人に頼みたいって」

「……けど、うちの師匠、厳しくて前座の間はピンで仕事取れませんから……」

「そうかあ。どうしてもダメかな？　急いでんだけどなあ」

「どうしてもとおっしゃるなら、師匠に一応聞いてみますけど」

「頼むよ。うちもほたるいかテレビさんとは付き合いがあってさ。こっちからも師匠に頼んでおくから」

「分かりました。よろしくお願いします」

電話を切った後もしばらく考えた。前座とはいえ、自分の高座を観て、あの人に頼みたいとテレビ局の人が言ってくれたのだ。だが、うちの師匠はよその一門とちがって、前座期間中は営業仕事には特にうるさい。他の師匠に頼まれて仕事に行くのも音丸は良い顔をしないのだ。せっかくつかみかけた二ツ目昇進を取り消されてしまっては元も子もない。

悩みながら横浜に戻り、師匠の家に顔を出す。

「あのう、師匠、実は今日楽屋に電話がありまして」

「ああ、うちにも電話があった」

いつものようにムスッとした顔で師匠が言う。

「あの……、イベントの仕事を頼まれまして、一泊なんですが……」

「どうぞ」

拍子抜けするくらいあっさりと言われた。

「え？　……よろしいんでしょうか」

「ああ、けっこうですよ。その代わり二度と帰ってこなくていいですから」

「…………」

「いやあね、おとうさん。またそんなこと言って。いいよいいよ、一泊でしょ。行ってきなさい。家のことは一日くらい大丈夫だから」

おかみさんが助け舟を出してくれた。

「あ、ありがとうございます！」

師匠と離れてたった一人で地方に行ける。夢のようだった。仕事なのだが、まるでバカンスに行くような気分だった。

「いやあ、お待ちしておりました」

富山駅のホームに降り立つと、ほたるいか、と書かれた黄色いスタッフジャンパーを着た同年代らしき男性が出迎えてくれた。さっそく駅前のロータリーに停めてあったワゴン車にそのスタッフと一緒に乗り込んでイベント会場に向かう。車中でこれから務める司会内容の説明を受けた。

「毎年この時期になりますと、今回、音郎さんに来ていただいたこの住宅博というのをうちのテレビ局主催で開催するんです。いわゆる住宅関連の商品、システムキッチンや浴槽やトイレなどを会場内に各社が展示するんですよ」

「で、私は何をすれば良いんですか」

「会場の隅に今年から特設コーナーを設けまして、十時、一時、四時と一日三回そこで抽選会をやるんです」

イベント会場でお客さんを飽きさせないためにおこなわれているビンゴ抽選会などの光景が思い浮かんだ。

二ツ目になればこういう仕事もこなしていかなければならない。そのためにも今回とりあえず要領をつかんでおこうなどと考えているうちに車は会場に着いた。

すぐに控え室で着物に着替える。そこへステージで共演する女性がやってきた。

「おはようございます。ほたるいかテレビの桜井綾香と申します。二日間、音郎さんのアシスタントを務めさせていただきます。よろしくお願いいたします」

ずいぶんときれいな人だな、が第一印象だった。地方局とはいえ、やはりテレビ局の女子アナはちがうと思った。がぜんやる気が出てきた。

さっそく二人でステージに上がる。イベントの司会というのは初めてだが、彼女のフォローもあってか、それほど緊張することもなくこなしていく。

客のお目当ての抽選会というのは、ゴムの吸盤がついた弓矢をグルグルと手で回転させた的に当てるゲームである。景品は出展している各企業の名が刻まれたボールペンやマグカップなどだが、そんな景品でも大半のお客さんは喜び、抽選会は盛り上がった。普段の寄席の楽屋とはまったくちがう世界のようだ。ステージに立ってマイクを持って話しているだけで新鮮な体験なのである。なにしろ隣りには、寄席ではまずお目にかかれないようなきれいな女性が立っているのだ。

ほたるいかテレビのイベント主催というだけで別にテレビ中継があるわけでもないのだが、隣りで軽妙にトークをこなす桜井綾香がまるで芸能人のように輝いて見えた。

無事一日三回のステージを終え、初日でお疲れさまということで局のスタッフと居酒屋で打ち上げがあった。富山湾で取れたらしい海の幸の料理はさすがに美味く、ビールをジョッキで何杯もおかわりして、すっかり良い気分になってしまった。

壁にかかった時計が九時をさしたところで、初日の打ち上げはこれでおひらきと、スタッフの車で駅前のホテルに送ってもらうこととなった。

ほろ酔い気味で気が大きくなったせいか、帰り際に司会のパートナーを務めてくれた桜井綾香に靴置き場で話しかけた。

「今日はありがとうございました」

「あっ、どうもお疲れさまです。音郎さん、今日は楽しかったです。明日もがんばりましょうね」

「あの、あのう……」

「はい？」

桜井綾香は怪訝な顔をしている。ここは勇気を出して……。

「あの、私の泊まるホテルは駅前の富山北陸ホテルですっ。ご、ごぞんじですか？」

「ええ、知ってますよ」

「もし気が向いたら電話くれませんか？　駅前とか街中、あまりくわしくありませんし。たぶん一人で部屋にいますんで。もし桜井さんがよければちょっとお話したいなあ、と思って。あ、気を悪くしたら、ご、ごめんなさい」

車で送ってくれるスタッフが、用意できましたと言いながらこちらへやって来たので、あわてて彼女から離れた。

あ〜あ。後で局のスタッフたちに、今日の落語家さんにナンパされちゃったわよぉ、とか言われるんだろうな。少し落ち込みながら店を出て、車に乗り込んだ。

お疲れさまでした、では明日九時にロビーでお待ちしております。丁重にそう言うとスタッフは帰って行った。

やっと部屋にチェックインする。思ったよりせまい。よくあるビジネスホテルの一室だが、師匠と一緒の仕事じゃないと、羽を伸ばせるせいか広く感じてしまう。ドサッとベッドに倒れこんだ。一人の仕事だとノビノビできていいな。二ツ目になってからも頑張らないと……むにゃむにゃ。

いつの間にかシャワーも浴びず、着替えもせず寝てしまった。やはり初めての仕事で気疲れしていたのだろう。

リリリリーン。電話のベルで目が覚めた。

ん、もう朝か。寝ぼけまなこで時計を見る。まだ夜の十一時。受話器を取る。

「フロントです。お電話が入っております」

事務的なフロントのホテルマンの声の後、

「もしもし、音郎さん」

と目が覚めるような声がした。

桜井綾香だった！

「ええ〜っ⁉　桜井さん、マジですか、マジで電話くれたんですかぁ！　ありがとう、感激ですっ」

「何言ってるの、音郎さん」

受話器の向こうで彼女の笑う声がした。

「私より年上なのに子どもみたいですよね、音郎さん」

「そ、そうですか、てへっ」

ステージの合間の休憩時間に控え室で彼女と話をした。彼女は今年二十九歳、俺より二つ年下だということを思い出した。

「私も音郎さんともっとお話したいなあと思ってたんですよ」

「本当に？」

「ええ、本当」

「マジに？」

「マジ、マジ」

また彼女が笑い出した。ノリが良い。

「じゃ、これから会えませんか？」

「ええっ？　これからぁ……」

またやってしまった……。さすがに図々しかったかもしれない。受話器の向こうの彼女も思案しているのか、少しの沈黙があった。

「分かりました。じゃ四十分くらい待ってもらえます？」

「もちろん！　何十分でも何時間でも待ちますからっ」

「着いたら電話入れますね」

おいおい、えらいことになってきたぞ。あんなきれいな女性と深夜デートかよ。しかも女子アナ、業界人だぞ。まいったな、急いでしたくしないと。あわててシャワーを浴びて部屋で待った。

思ったより早く、電話後、三十分ほどで桜井綾香はホテルに到着した。急いでロビーへ下りる。

「すいません、こんな時間に呼び出しちゃって」

「いいえ、私もちょっと出かけようかな、とか思ってたから。車で来たんで少しドライブしましょうか」

「ええ、どこへでもお供します」

クスッと彼女が笑う。色っぽいなあ。富山に来て本当によかった。

ホテルの玄関前に置かれている彼女の車は真っ赤なホンダのＮＳＸ。派手だ。高そうだ。スピードが出そうだ。燃費も悪そうだ。

「どこ行きます？」

車をスタートさせるや桜井綾香が聞いてきた。

「いや、僕はどこへでも……」

こう答えるのが精一杯だ。

「やだ、音郎さん。どうしたんですか。さっきまでと雰囲気がちがう」

「いやあ、マジに緊張しちゃって」

「え〜、どうしてえ」

「いや、桜井さんみたいなきれいな方とこうして二人きりでドライブできるなんて、夢にも思わなかったから」

「またまたぁ。さすが噺家、ヨイショが上手ぃ！　座布団一枚！」

わざとひょうきんな口ぶりで彼女が言う。

「いや、本当ですよ。ヨイショじゃないですよっ」

何か怒ったような口ぶりになってしまった。もう三十一だというのに本当にガキだ。自分が情けなくなる。

「じゃ、少しドライブしましょうね」

車は市街地を抜け、人けのない山道を飛ばしていく。その間にいろいろと話をした。

大学は東京の女子大だったこと、卒業前に東京でキー局の入社試験をすべて受けたがどこも落ちてしまったこと、実家が富山市内で病院を経営していること、年の離れた弟が今年大学受験だということ、女子大時代から付き合っていた同い年の彼がいたが、つい最近別れてしまったこと等々……。

「本当は私が富山に帰ってきた時点でもう終わってたのよね」

ハンドルを握りながらつぶやくように彼女が言う。少し重い雰囲気になってしまった。

「やだ、さっきから音郎さん、私の話を聞いてばっかり」

「いや、電話相談みたいな番組のキャスターを目指そうかと思って」

「いやだあ。ねえ、音郎さんのことも話してよ」

俺のこと……？　話すことなんか何もない。

「私、音郎さんの落語聴いてみたいわあ。きっと上手なんでしょうね」

「そんなことないよ。まだ三年半、前座だもん」

「え〜、もう三年半も修業しているんでしょ。そんなに稽古して舞台に上がっていれば上手よぉ」

そうなのだ。まだ三年半じゃなくて、もう三年半なのだ。他のお笑いの世界じゃそれだけ修業して芽が出なければ、もう見込みがないに等しいのだ。

富山港の埠頭に着き、彼女は車を停めた。カーステレオからはほどよい音量でジャズのBGMが流れている。

「いい場所だね、ここは」

「ええ、私も大好きなの。何か仕事とかプライベートでいやなことがあると車飛ばしてここへ来るの。あの海の向こうの漁船の灯りとか見てると心が落ち着くの」

「富山が好きなんだね」

「ええ、結局ここを離れられなかったのかも。東京での四年間も楽しかったけど、やっぱりずっとは住めなかったのかもしれない。向こうのテレビ局全部落ちて、プロダクションに誘われて東京でタレントになろうかと思ったこともあったけど……。学生時代からコンパニオンのアルバイトとかしてたから、やっぱり限界は見えてたのね。そう思ったら彼を置いても無性に富山に帰りたくなって……。音郎さんは大阪に帰りたいと思わないの？」

「う〜ん。もう帰れないといった心境かな」

「故郷に錦を飾るまでは？」

「いや、きっと飾れないよ」

「そんなことないよ。きっと音郎さん、将来売れるから」

「売れるわけがないって！」

自分でもイジけて嫌な感じだと思うが、売れる売れないなんてことを人に言われると恥ずかしさがワッとこみあげてきて、自己否定してしまうのだ。

「大丈夫よ。昼にステージに一緒に立って音郎さんが話すのを隣りで見てたけど、声もよく通るし面白いし、落語もできるし」

「そりゃできるよ、落語家なんだもん」

「やっぱり音丸師匠のお弟子さんなんだなあって思っちゃった。休憩時間、音郎さんがいない時、スタッフのみんなで話してたの。音丸師匠の一門って、きっと落語界のエリートなんだろうなあって」

エリートかあ。やっぱり世間はそう見るのか……。

車に乗り込んだ時はまだほろ酔い気分で浮かれていたが、もう完全に酔いは醒めていた。落語界のしきたり、前座、二ッ目、真打という階級制度、師弟関係などを分かりやすくじっくりと説明した。そして自分のこれまでのこと、師匠から毎日のように怒られていること、今回も半ば逃れるように二日間、こうして営業に来たこと、悔しくて悔しくてしょうがなかったから、前座修業中なのに九ヶ月間ボクシングジムに通ってプロライセンスを取ったことなども話してしまった。桜井綾香は相づちを打つのみで、あとはじっと黙って俺の回りくどいほどの説明を聞いてくれた。なんとか話し終えると、桜井綾香はぽつっとひと言、こう言った。

「大変なんだね、噺家さんも」

「今振り返れば無我夢中だったけどね。ただ、さっきも言ったように、来年二月からやっと四年間のお務めを終えて、二ツ目という身分になれるんだ。けど最近、二ツ目が近づいてきて、かえって不安になってきたんだ」

「どうして？」

首をかしげ、俺を見つめて彼女が聞く。

「これから先、はたして俺、落語家としてやっていけるのかなって」

「だからぁ、さっきから何回も言ってるでしょ。大丈夫だって、音郎さんなら。四年間の厳しい修業に耐えたんだから。それにボクシングのプロライセンスも取ったんでしょ。そんな噺家さん他にいないんだから。その根性があればこれからもやっていけるわよ」

彼女から根性という言葉が出てくるなんて不思議な気がした。だが、まだ今日一日しか会ってないのだ。どんな性格かもまったく分からない。なのにもう何年も前から知っているような気もする……。奇妙な感覚、そもそもどうして今日仕事で会ったばかりなのに、こうして俺は彼女の車の中に二人きりでいるのだ？　そして励ましてもらっているのだ⁉

「でも根性があっても、それと笑いのセンスは関係がないし……。師匠が俺みたいな我の強いやつはダメだって。一生懸命やってるつもりなんだけど……、落語の稽古もがむしゃらにやってるんだけど……」

「音郎さんは今のままでいいと思う」

「落語をやってるだけじゃ、とうてい師匠みたいにはなれそうもないし……。きっとこれから先、二ツ目になってからは師匠が売れていることがかえって重荷になると思う。なんとなくだけど」

彼女が駄々っ子をあやすような口調で言った。

「だから、それを強みにすればいいじゃない、ね」

「…………」

「さっき私が言ったように、音丸師匠のお弟子さんだときっと落語も上手だとみんな思うのよ。だって音丸師匠はあれだけ有名なんだもん。その音丸師匠の名前をもっと利用すればいいのよ、二ツ目になれば。今まで前座でお仕えしてきたんでしょ。ね、利用することは決して悪いことじゃないわ」

東京を去り、地方局で女子アナを続けている彼女の言葉には重みがあった。

「だから音郎さん、もっと自信を持って」

「……うん」

「ね、音郎さん」

「えっ？」

ドキリ、とした。

そんなこちらの心を見透かしたように彼女がいたずらっぽい笑みを浮かべる。

「どう、少しは元気、出た？」

「うん。ありがとう」

「よかったぁ」

「あの……、桜井さん」

「え、何？」

首をかしげ、こちらを見つめる。

……やっぱりダメだ。見つめられたら何も言えない。元気は出ても勇気は出ない。

「あの、あ、明日も、いや、もう今日か。今日もがんばろうね！」

彼女は黙ってしまった。ああ、なんでこういう時にもうちょっと気の利いたセリフが言えないんだ。酔いが醒めたらこのざまだ。やっぱり俺はダメなやつだ……。

少し間があって、桜井綾香はハンドルを両手で軽くパン、と叩きながらわざとらしいほど明るい声を出してこう言った。

「がんばりましょうね」

「はい、どうもぉ。今日がこのトヤマ住宅博二日目ということで、こんなにたくさんのお客様が、ここエレキホールに集まってくれまして、うれしい限りですよ！　あたし、このお楽しみ抽選会の司会という大役を仰せつかりましたぁ、桂音郎！という者です。見ての通りのこのあでやかな着物姿、本業は民謡歌手ですっ！」

「ちがうでしょ！　自分の仕事忘れてどうすんですか、落語家でしょ、音郎さん」

「そうだったっけ」

二日目のステージが始まった。前日に初めて会って一日しかたっていないのに、桜井綾香とまるで夫婦漫才のような息の合った掛け合いでステージを進行していく。

「しっかりしてくださいよ、音郎さん。というわけで私もはりきってます！　普段はほたるいかテレビのお得情報六時半という番組でキャスターを務めている桜井綾香です」

いつも見てるぞぉというおじさんの声や、テレビよりもきれいねぇというおばさんの声が飛ぶ。

「わあ、みなさん、ありがとうございます！」

うれしそうに手を振りながら彼女が答えた。

ふと俺の隣りでマイクを持って話している彼女とこうして一緒にステージに立っていることが、何か現実ではないような気がしてきた。昨夜の車の中での彼女との会話が、まるで映画のワンシーンのようにフラッシュバックしてくる……。

いかんいかん、頭をシャキッとさせなければ。遊びに来たわけじゃないんだ、仕事なんだ、これは。

「さあ、いよいよみなさんお待ちかねのお楽しみ抽選会です！」

二日目のステージも終え、ギャラをスタッフから手渡しでもらい、その日の夜に横浜に戻った。また次の日から小言を食らってこき使われる日が再開された。けど富山に行ってから何かが変わった気がした。今はこんなにみじめだが、そう、今に見ていろよ。こんな心境になったのは彼女のおかげだ。

さっそく桜井綾香にお礼の手紙を書いた。いつか将来、桜井さんと堂々と話ができるようになるべく、これからも頑張っていくつもりです、と書いた。

すぐに返事が来た。これからも応援しています、頑張ってください、またいつかお会いできる日を楽しみにしております、という簡潔な内容の手紙だった。それ以来、彼女とは会っていない。でもあの夜のことを思い出すと、恥ずかしさとともに甘酸っぱい想いもこみあげてきて、なぜかニヤッとしてしまい、楽屋で周りから気味悪がられたりする。

3

十二月三十日になった。あと二日で年が明け、一ヶ月後には桂音蔵になる。

朝八時半、毎日の日課である師匠宅の掃除を一時間ほどですませ、アパートに戻ってきた。寄席の方は二十八日で今年の定席興行を終え、昨日は一門の弟子がそろって師匠の家の大掃除をすませた。明日、大晦日三十一日は、また一門が師匠宅に集まって年越しそばを食べる。ということは、朝の掃除をすませたあと自由になるのは今日だけ、ということになる。

さて、何をしようか。日頃の忙しさに慣れてしまっていると何をしていいのかが分からなくなる。こたつの上はカセットテープやノート、ペン、コップ、ビールの空き缶などが散らかったまま無造作に置かれている。

やっぱり噺の稽古だよな。こんな時こそ噺の稽古だ。そうだ。今まで覚えた噺を一気に稽古するというのはどうだろう。ネタ五十本、やってみるか。今は朝十時前、よし一日かけてやってみよう。

まずはこのあいだ教わって覚えたばかりの「青菜」から始めるか。季節モノ、夏の噺だ。よし、次は得意の与太郎モノの「金明竹」だ。その次は「看板のピン」。

十本連続で喋っては十分休憩、また十本のネタを連続でこなしていく。部屋の壁に向かってブツブツとネタを喋っていると、さまざまな情景が頭の中に浮かんでくる。

師匠方のお宅におじゃましてネタを教わった時、初めて高座にかけた時、まったくウケず悔しい思いをした時、反対にこちらが戸惑うほどウケた時、夜の公園のベンチに一人腰かけてワンカップ酒を飲みながら涙をこらえて稽古した時、銭湯の湯船に浸かりながら、自転車に乗りながら、寄席の行き帰りに歩きながら、こうして部屋で、ずっと稽古し続けた日々。

さすがに四十本を越えたあたりから声は枯れ始めた。息も上がってきた。それでも喋り続けた。

ウケるウケない、得意不得意、どのネタにもそれぞれに思い出があり愛着がある。この五十本のネタをこれからどう自分のモノにしていくか、それが二ツ目になってからの課題なのかもしれない。

覚えるだけじゃダメなんだよ。

不意に師匠の声が頭の中に響いた。気がつけば最後の一本、最初に師匠から教わった「道灌」を残すのみとなった。

そう、このネタから始まったのだ。かなり体力を消耗しているが気力をふりしぼって、記念すべき一本目の「道灌」を演り終えた。時計の針は夜の十一時をさしていた。休憩を入れて十三時間。なんとか五十本のネタを完遂した。さすがにこれから外に飲みに行く元気もなく、敷いたままのフトンの上に倒れ込み、あっという間に眠りについた。

4

前座として楽屋入りしてからは四回目、音丸のもとに入門して五回目の正月を迎えた。この正月を乗りきっていよいよ一ヶ月後、二月一日より二ツ目桂音蔵となる。が、この前座最後の一ヶ月はあまりにもきつかった。

特に初席の十日間は立前座として最後の大仕事ともいえる。初日から師匠の音丸も昼席のトリである麦丸師匠も楽屋でピリピリしていた。初日二日目とたった二日間で神経がおかしくなってしまいそうだった。そして三日目はＪＨＫの生放送がある。

朝、師匠の家に行った時から、師匠は機嫌が悪そうだった。

ここ数年、正月寄席中継で師匠の高座はテレビ中継されていないのだ。師匠の高座が放送されたのは三年半前の春の六区演芸場からの中継が最後である。そのせいか毎年この正月中継の楽屋ではかなり機嫌が悪い。今日も中継されないということは、当然立前座の俺にとばっちりが来るのは間違いない。ゆううつな気分で寄席に向かった。

まだ朝の十時前だというのに、新宿末永亭の楽屋口前の道路にはもう中継車が停まっている。地面に無造作に置かれた中継車からの太いケーブル線が何本も楽屋口の方に向かって伸びていた。

なんだかもう、とにかくやだなあ。入門した当時は寄席中継がある、うまくいきゃあ高座返しでテレビに映るかもしれない、そんな淡い期待で胸を膨らませていたのに。立前座になった今では、テレビ中継など楽屋が人でごった返していてうっとうしいだけだ。そんな気持ちを胸にしまい込み、

「おはようございます」

元気よくあいさつして楽屋口の戸を勢いよくあけた。案の定、大勢のＪＨＫスタッフが狭い楽屋の中で忙しく動き回っている。まるでアリの巣のようだ。そんな俺も働きアリの一匹だ。急いで着物に着替え、開演の支度を始める。

十時半頃になり昼席が始まった。一階二階桟敷席ともお客さんはギッシリと入っていて、早くも立見客がいたりする。開口一番、高座に上がり三分間の小噺を演った。俺のような前座から客は陽気に笑う。ウケたところで後の音若兄さんと交代する。

「なんだよ、もっと演っていいんだよ。俺の持ち時間が長くなるじゃねえか」

そう言いながら音若兄さんもきっちりと三分で高座を下りた。後の師匠方も五分程度の高座をこなしていく。そのうちに高座にまばゆいばかりのライトがつけられ、二ツ目の先輩が高座の下で前説を始めた。拍手の練習をおこなった後、いよいよテレビ中継が始まった。まずはテレビでおなじみの漫才コンビだ。顔を知られている強みか場内は大爆笑。続いてドクターに扮した医学漫談ルーシー高中が登場。場内の客が引っくり返るように笑う。腹を抱えて笑うおじさん、涙を流し笑うおばさん。そんな客席を醒めた目で舞台から見下ろし、得意の下ネタを披露していくルーシー高中。場内が爆笑の渦に包まれている最中、音丸がついに楽屋入りした。

やはり不機嫌極まりない顔をしている。ルーシー高中の後、幻右師匠の高座で中継が終わるのだ。うちの師匠の高座はその後である。そりゃ面白くないに決まっている。反対に上機嫌の幻右師匠も楽屋入りしてきた。メイクさんが二階で待機しているが、その必要はなかったようだ。いつもより念入りに自己流メイクを施している。

笑顔のスキンヘッドと仏頂面の薄毛頭。対照的だ。幻右師匠にあいさつすると音丸はスッと二階に上がってしまった。

こういうパターンが立前座としては一番困るのだ。もう中継は始まっている。ディレクターの指示通りに太鼓を叩かなければならないし、高座も見張ってなければならない。だが、二階の奥の楽屋に引きこもってしまった師匠にも気を使わないと、お前は一体誰の弟子なんだ！と怒られてしまう。だがやはり立前座としては、寄席の進行が第一だ。まだ去年の暮れに入門したばかりの前座を二階の師匠の着替えにつけることにした。

ルーシー高中の舞台が終わり、次の出囃子の太鼓を叩く。まばゆいばかりのライトが舞台を照らす中、最高の作り笑顔で幻右師匠が高座に上がっていった。まさにめでたい、初笑いそのものといった顔つきだ。その縁起の良い顔につられて、客も幻右師匠が高座に姿を見せただけで笑う。場内割れんばかりの拍手と歓声。幻右師匠は、若い時分に噺家連中で温泉街のストリップを観に行った実体験に基づく漫談を喋り出した。踊り子の振り付けを真似、ストリップのＢＧＭを口ずさみながらの熱演である。

怪しい手つきと身振りと顔の表情。楽屋の中継スタッフも場内の客につられて笑い出した。楽屋が良い雰囲気になってきた最中、ミシッミシッと階段がきしむ不吉な音が背後から聞こえてきた。ギョッとして振り返ると、俺の背後に怒りに満ちた疫病神といった風貌の音丸が立っていた。

「なんで着物の着付けの段取りも分からないような前座を俺のところへよこすんだ！」

「あっ、す、すいませんっ」

相当怒っているようだ。またそんなご立腹の音丸を煽るかのように、高座で幻右師匠がクネクネとタコ踊りのようにストリッパーを演じている。

「ちゃんと下の前座に教えとけっ！」

「はいっ、すいませんっ」

ひたすら平身低頭で謝るしかない。あと一ヶ月だ。師匠の後の出番の小陽三師匠も楽屋に入ってきた。やはり笑伝で共演しているせいか、機嫌の悪い音丸の扱い方が上手い。気を利かせていろいろ話しかけてくれた。おかげで少しは音丸の怒りもおさまったようだ。

幻右師匠の高座が終わった。カチャンカチャン、パッパッ、とテレビ中継用のライトが消され、通常の寄席の照明に切り替わった。客もハッと我に返ったかのように静かになった。けだるいような疲労感が場内を包み込む中、うちの師匠は高座に上がらなければならない。テレビ中継用のライトに慣れてしまった観客にとって、この普段の蛍光灯の照明はきっと薄暗く感じてしまうにちがいない。一気に現実の世界に引き戻されたような気分だろう。この後に出るのがテレビで有名な音丸だから、まだそれほどの落差は感じずにすむのだ。

去年などは麦丸師匠の中継の高座後に、世間的には有名でない師匠が上がって地味な噺を演った。その師匠の高座中、観客は誰一人笑わなかったのである。あの光景は楽屋で見ていてもつらいものがあった。

師匠の出囃子の太鼓を叩く。

「何だ、その太鼓は！」

師匠に背後から怒鳴られた。

「……は、はい？」

今までに曲芸や俗曲の際のお囃子太鼓を叩いていて、師匠にバチを取り上げられたことがある。だが師匠の出囃子で怒られるのは初めてだ。

「まったく下手な太鼓だ！　そんな太鼓で上がれるか！」

バチを取り上げ師匠が叩く。

ドンドドン、カラカッカ。ドドンドド、カラカッカ。怒りに満ちた表情で師匠が叩く。まるで暴れ太鼓のようだ。片付けを始めていたJHKスタッフも手を止めて何事か、といった表情で師匠を見つめている。

「こうやって叩くんだ、バカ！　太鼓も叩けねえで二ツ目に上がれると思ってるのか！」

「はいっ、すいませんっ！」

ドンドドン、カラカッカ。ドドンドド、カラカッカ。ドンドドン、カラカッカ。ドドンドド、カラカッカ……。いつまでも師匠は太鼓を叩いている。

「いつまで見てんだバカ！　誰が高座に上がるんだ！　俺が叩いてちゃいつまでたっても

高座に上がれないだろ！」
「あっ、すっ、すいませんっ」
バチを俺に押し付けると、苦虫を噛みつぶしたような顔をして師匠は高座に上がってい
った。
本当に疲れるよなあ。というか胃が痛くなる。ガックリと座り込んでしまった。あと少
し、そうあと少し……。
とりあえずネタ帳に記入して、おあとの小陽三師匠に渡す。小陽三師匠はネタ帳を見な
がら、昨日の夜席に出演したムギスケ師匠の名が書かれた箇所を指差してこう言った。
「ムギスケ兄さんは昔から乱暴者でな」
「…………」
「この兄さんと二人で若い頃、二ツ目時代に精神病院に慰問に行ったんだよ。で、なぞか
けを二人でやってさ、これが意外にけっこうウケるんだ。患者が感心したように拍手する
んだ」
「本当ですか？」
「ああ。そしたらこのムギスケ兄さん、何て言ったと思う？」
「何て言ったんですか」

「自分の頭を指差して、君たちとはここがちがうからね、だって」

思わず笑ってしまった。精神病院の患者が楽屋に迷い込んだ事件を思い出した。

「そりゃ人んちの晩ご飯を勝手にのぞきにいくよ、あの人じゃ」

小陽三師匠と話をしているとスーッと胃の痛いのがおさまった。まるで胃薬を飲んだようだ。怒られてしょげかえっている俺を慰めてくれたのだ。なんでこの師匠は前座にもこんなに自然に気を使えるのだろうか、と思った。俺はこんな師匠には到底なれそうもない。そう思った。

5

「どうもありがとうございました。これからもよろしくお願いします」

頭を深々と下げ、玄関の戸をできるだけ丁寧に閉めた。ガラガラガラ。気持ちの良い音がする。川口の小龍治師匠の自宅である。古風で雰囲気の良い一軒家だ。

やっと終わった。思わず安堵の息がもれた。昨日と今日の二日間、二ツ目昇進のあいさつと今まで世話になったお礼を兼ねて協会の理事や稽古をつけてもらった師匠方の自宅を回ったのである。さきほどの小龍治師匠の自宅が最後の一軒であった。

のんびりしてはいられない。これから末永亭の夜席に向かわなければならない。少しボーッとしている。無理もない。小龍治師匠のお宅でお祝いだといって一杯のワインをご馳走になったのだ。昼間の酒はなぜこんなに効くのだろう。この後の寄席での前座仕事がおっくうになってしまう。が、あと三日だ。寄席での前座仕事は今日と明日の二日だけ。やっとあと三日というところまでこぎつけた。一杯のワインでこんなに酔ってしまうのは安堵のせいもあるのかもしれない。

酔いを醒ますため、自動販売機で缶コーヒーを買い、飲みながら川口の駅に向かう。しかしこれまでずっと指折り数えるように待ち望んでいた二ツ目昇進だが、二ツ目になってからどうやって生きていけばいいのか、ふと不安な気持ちが胸をよぎった。

今までしばられ続けた寄席の楽屋であったが、二ツ目になると前座時代のような否応なしに課せられた濃密なかかわりがなくなってしまう。本当に俺はこれからやっていけるのだろうか。幸せと開放感を感じたのはワインで酔ったほんの一瞬にすぎなかったようだ。なぜかこれから向かう寄席の楽屋が、たまらなく愛しい場所に思えてきた。

我ながらどうかしてる、と思った。

6

二ツ目が近づき、日に日にムスッとした表情の度合いが濃くなる師匠にあいさつをして、寄席の夜席に向かった。今日は一月三十日、今日で寄席の楽屋での前座仕事は終わる。桂音郎最後の楽屋務めだ。明日三十一日は去年までは五吉演芸場での師匠の会があったのだが、今年からは改築のため二年間、五吉演芸場が休業となる。明日一日は寄席での楽屋仕事がない。前座として着物を着るのも今日が最後だ。

高座に上がる。前座最後の高座だ。だが自分でも不思議なほど何の感慨も抱かず、「権助魚」を淡々と演った。客が少なくあまり笑いが返ってこなかったせいもあるのかもしれない。が、それだけではない。自分でもよく分からないが、高座中は醒めていた。気持ちがすでにあさってからの二ツ目の披露目高座に向いているのかもしれない。師匠から教わった噺でなく、龍陽師匠から教わった噺で前座をしめくくったことに、高座を下りてから気づいたほどだ。

前座は自分の高座ごときにいちいち感動してられないのだ。いつものように楽屋入りしてくる各師匠方の世話をする。出番より早く楽屋入りしてきた龍陽師匠には、破門にならなくてよかったな、音丸師匠に感謝しろよと言われた。

文志師匠が珍しく自分の出番の時間通りに楽屋入りしてきた。この師匠には四年間さんざん時間通りに楽屋に来なかったり、理不尽な小言を食らい迷惑をかけられた。最後まで振り回されるだろうと覚悟していたので、かえって拍子抜けしたほどだ。だが、文志師匠の芸には魅了されてきた。舞台袖から文志師匠の高座をずっと見続けた四年間だった。それを知ってか知らずか、文志師匠は高座を終えると、君は将来いい噺家になるよ、音丸一門の希望の星だ、とワケの分からないことを言って、楽屋にあったビールを一気に飲み干すと上機嫌で楽屋を後にした。

やはり前座とは高座ではなく、寄席の楽屋修業なのだ。

トリ前のヒザを務める八十歳をとうに過ぎた曲独楽の女学師匠のお囃子で太鼓を叩く。独楽の曲芸が終わり、最後に女学師匠はあでやかな「奴さん」を踊る。独楽を後輩前座がしまう間、女学師匠は立ち上がり、

「今、楽屋で太鼓を叩いてる音郎という前座は、今日が最後の前座務めでございます」

パラパラと客席から拍手が起こる。ちょっとやめてくださいよ、女学師匠。恥ずかしさがこみあげてくる。

「とんでもない悪い前座でございましたが、よくあの厳しい音丸師匠の下で前座を四年間務め上げたと思います。彼の門出を祝って、めでたい『奴さん』を踊りたいと思います」

なんで「奴さん」がめでたいのだ？　よく分からないお祝いだが、軽快にそれでいて味のある「奴さん」を踊る女学師匠のお囃子で太鼓をテケテンテケテンと叩いていると、いよいよ前座が終わるんだなという実感が湧いてきて、自然と胸が熱くなった。

7

今日三十一日限りでクビです！　二ツ目には昇進させませんっ！

ガバッとフトンから飛び起きた。……夢だった。まさしく悪夢だ……。

この世界に入ってからの四年間、本当に悪夢にうなされ続けた日々だった。いや、夢は落語家になる前にもよく見ていたはず。それこそプロのミュージシャンになって大勢の観客の前でライブを演る夢はしょっちゅう見ていた。さすがに落語家になる夢は見なかったが。

まったく現実の世界じゃ夢も見られねえ。ブツブツとひとり言を言いながら師匠宅へ向かう。前座最後のご奉公だ。

二ツ目になってからは家の掃除はしなくていい、とは以前から言われていた。それに、麦丸師匠のところに来た弟子希望者を、麦丸師匠は高齢だというのでうちの師匠が預かったらしい。今、その弟子希望者も見習い前座としての楽屋入り待機中だ。掃除や雑用は彼が引き継いでくれるだろう。

つらかった日々を回想しながら、前座最後の掃除を終え、一階のテーブルで新聞を読んでいる師匠に向かって言う。

「師匠、掃除終わりましたっ」

最後の、と心の中でつぶやいた。

毎度お馴染みのムスッとした顔で師匠は、新聞を見ながら、

「お前、今日あいてるか」

と聞いてきた。

思いがけない言葉に戸惑いながら、

「はい、あいております」

と答える。

「じゃ、夕方六時にうちに来い。話がある」

スーッと血の気が引くのが自分でも分かった。何度聞いてもこの、話がある、という言葉には慣れようがない。何度この言葉を聞いただろう。そのたびに、ああ、今度こそクビだ、と観念したものだった。そりゃ悪夢も見るようになる。最後の日まで話がある、だも

んな。

トボトボとアパートに戻り、明日からの披露目用の着物一式と楽屋で着るスーツのチェックをしてから、高座にかけるネタの稽古を始める。六区演芸場、新宿末永亭と二十日連続で高座がある。二つの寄席を終えて、最後に池袋演芸ホールで十日間の高座がある。できれば浅草と新宿の二十日間は毎日ネタを替えて挑みたい。せっかく前座の四年間でネタを五十本覚えたんだ。

さて、初日は何を演ろうか。俺の前に上がる前座や二ツ目の先輩とちがうネタを演らなければならない。今までいつも一番初めに高座に上がってきただけに、人の後に自分が上がる、一体それはどんな感覚なんだろうと思う。

そう考えると不安だがワクワクしてきた。とりあえず三つのネタを用意しておこう。その三つのネタを考えてブツブツと壁に向かって稽古していると、あっという間に夕方になってしまった。約束の時間、六時十五分前だ。そろそろ行くか。意を決してアパートを出る。まるで最後の難関に挑むかのような心境だ。

アパートから師匠宅へ。四年間さんざん歩いてきたこの道。歩いて五分のこの距離、各寄席に最寄り駅から向かう道と同じくらいの思い出がある。もう行くのはやめようと四年間、毎日そう思いながら通い続けた。そう、たった一日でも通勤拒否をしてしまえば、その時点で終わりなのだ。噺家なんてやめちまおう、そんな葛藤を毎日積み重ねてきたようなもんだ。

まったくよぉ、前座最後の日まで小言かよ。いや、小言と決まったわけじゃないが、あの口調だと絶対小言だ。分かってるんだよ。だてに四年間も奉公してないぜ。

だが今朝の悪夢のように、今日三十一日限りでクビです！と言われたらどうしよう。悪夢が正夢になっちまうのか……？

ええい、もうどうにでもなりやがれ、ってんだ。こちとら上方生まれの横浜育ちの江戸落語家でぃ！　……着いた。

「失礼しま〜す」

いつものように気弱で奥ゆかしい声を出し、控え目に玄関の戸をあけた。

一階ではおかみさんがボーッと一人でテレビの二時間ドラマを観ていた。

「お父さん、三階よ。音郎が来たら三階に来るように伝えてくれって」

「……はい？」

「二人だけで話があるって」

「…………」

心臓の鼓動が早くなっていくのが自分でも分かる。せまく段差の高い階段を一歩ずつ上がっていく。まるで絞首刑に向かって階段をのぼる死刑囚の心境だ。

三階で話があると言われるたびに、こんな気持ちで階段を上がったものだ。今日こそはダメだろう、今度こそクビだろうと……。


師匠は高座用の座布団の上で正座をしていた。前にはラジカセが置かれ、左横には小さい折りたたみ机があった。その机の上にはノートと鉛筆と湯飲み茶碗が置かれていた。噺の稽古の真っ最中だったようだ。

「おみねの肩先にザックリと切りつけます。牡丹灯籠栗橋宿の一席でございます」

下げのセリフを言い終えると、前に置かれているラジカセの録音停止スイッチをガシャンと押した。巻き戻しのスイッチを押す。きゅるきゅるきゅるきゅる、とテープが回る音が静かな部屋に響く。

「師匠、稽古中にすいません」

「いや、今終わったところだ」

稽古をしている時の師匠の顔は笑伝で大喜利をやっている時の顔とはまるでちがう。まして こういう笑いのほとんどない怪談噺のような長講のネタを演っている時はなおさらだ。

どちらが師匠の本当の顔なのだろうか。いや、どちらも桂音丸なのだろう。

湯飲みに入ったお茶をゆっくりと飲む師匠。この沈黙の時間が重い。

「ここへ座んなさい」

こう言うと師匠は、自分の真正面の畳の箇所をトントンと指で叩いた。

「は、はい」

きた。さあ、どんな小言を食らうのだろうか。おそるおそるラジカセをはさんで師匠の真正面に、向かい合う形で正座をする。

「この四年間で覚えたネタの中から一席演ってごらんなさい」

「……は？」

「何でもいい。自分が得意でよく高座にかけていたネタを演ってごらんなさい」

まったく予想していなかった師匠の言葉に戸惑った。

だが、演るしかない。ネタは……、やはり師匠から教わったネタ、「つる」を演るか。

「え〜、では、『つる』を演らせていただきます」

「よし。じゃ、このカゼとマンダラを使え」

師匠が稽古で使っていた扇子と手ぬぐいをこちらの手前に置いてくれた。

「ありがとうございます。え〜、落語の方で一番モノを知ってる人はと言いますと……」

そう言えば、七本目に教わったこの「つる」を最後に、師匠から噺は教わっていない。あとの四十三本はすべて他の師匠から教わったネタだ。ガミガミと小言を食らうのがイヤで、毎日会っているにもかかわらず、気持ちの上では避けていたのかもしれない。こうして正面から向かい合おうとせず、飛び込もうともせず、ただただ逃げてばかりいた。だからこそ三年目にはボクシングジムに通ったりもしてきたのだ。

「つる」は八っつぁんが隠居にからかわれたネタを同じように友だちのところに行ってやってみようとして失敗する噺だ。

二羽のつがいのつるが浜辺の松の木の枝に「つ〜」ととまって、「る〜」ととまったのでつるになった。隠居に教わったネタを八っつぁんは友だちのところに行ってやってみるのだが、頭が悪いのか真剣に覚えようとしなかったのか、何度やっても失敗し、とうとう最後まで二羽のつるは松の木の枝にたどり着けない。何度も同じ過ちを繰り返してしまう八っつぁんは、俺そのものだった。するってぇと目の前にいるのが、世の中のことを何でも知ってるご隠居さんなのだろうか。

いや、そんなおだやかな人ではない。第一、隠居という身分ではない。見た目は老けているが生涯現役のギラギラしたファイター、いやチャンピオンだ。

師匠の前で演るのは久々だけに何千人の前で演るよりも緊張した。しどろもどろな「つ

る」の一席を終えると師匠はひと言、

「まるでなってませんね」

と静かに言った。

確かに。我ながら納得した。

「もう、どこをどうのこうの、という次元じゃない。全部ダメだ。いいか」

お茶をグッとひと口飲むと、

「え〜、落語の方では……」

淡々と「つる」を演り出した。

深みのある声、間の絶妙さ、にじみ出るおかしさ、とぼけた味。圧倒された。こんな単純な噺だからこその名人芸と言える内容だ。

普段の稽古時の比ではない。力を抜いたようなさりげない口調であったが、客前で演る時と何ら変わらないまさに大熱演を俺一人のために演ってくれた。

情景が目に浮かぶ。師匠そっくり、いや師匠そのもののようなつるが「つる〜」と鳴きながら松の木の枝にとまる光景が目の前で繰り広げられていたのだ。

「へへっ、黙って飛んできた」

桂音丸「つる」の一席が終わった。

「ありがとうございました」

畳に額をこすりつけ礼を述べた。

師匠の全身から、どうだ、と言わんばかりの気迫が感じられた。叩きのめされた気分だ。どんな小言よりもきつい芸の力の差。俺ははたして将来、師匠の域までたどり着くことができるのだろうか……。

大熱演を終え、お茶を飲み、一息ついてから師匠は喋り出した。

「いいか。私は今まで弟子を皆自分の息子だと思って育ててきた。音郎、お前もそうだ」

本当の息子とはまるっきり扱いがちがうじゃねえか！

と言えるはずがない。いや、そんなことを考えること自体がおかしい。吉田真吾ではない、桂音郎が桂音丸の息子なのだから。芸の上での息子なのだ。

「息子だと思うからこそ、厳しく真剣に育ててきたつもりだ。前座の期間は芸の修業じゃない、人間の修業をさせてきた。自分の師匠や楽屋で他の師匠方の世話をするからこそ、人への気づかい、落語を聞いてくれるお客さんへの感謝の気持ちが身についていくんだ」

「………」

「芸は人なりと言ってきただろう。いい加減な修業をしてきた者はいい加減な芸しかできない。芸は人間性がにじみ出るもんなんだ。だから前座の期間は人間の修業をさせてきたんだ。細かな心づかいができないでお客さんを笑わせられると思っているのか」

「……いえ」

「私はこの四年間、ずっとあんたにそう教えてきたつもりだ。いつかは気がつくだろうとな。だが、とうとう今日まであんたは変わらなかった。今日のあんたの落語を聞けばよく分かる」

最後の言葉が一番効いた。乱暴者には乱暴な芸しかできない……。

「もっと早く決断すべきだったのかもしれない。けど明日から二ツ目だ。クビにするには遅すぎた」

「…………」

「これから二ツ目になったら芸の修業だ。けど私の言うことがこの先も分からないようじゃ、あんたは噺家を続けていけないよ。こちらがクビにしなくても、いつかは廃業せざるをえなくなる」

「……はい、申し訳ございませんでした」

「あんたくらい手を焼いた弟子はいない」

前座最後の小言は重かった。本当に自分自身が情けない。トボトボと階段を下りていく俺の背後から、また稽古を再開したらしい師匠の噺が聞こえてきた。

一階では相変わらずおかみさんがボーッと一人でテレビを見ていた。

「おかみさん、どうも申し訳ございませんでした」

「あら、あんた、またお父さんに怒られたの？」

「……はあ」

「まったく前座最後の日まで怒られたの？　前座のあいだは怒られっ放しだったわね」

やれやれ、しょうがない、といった口調だ。だがこういう時のおかみさんの口調には、なぜかホッとさせられるものがあった。

「ま、明日からしっかりとね。頑張んなさいよ」

「はい、ありがとうございます」

励まされたのだが、余計に情けないという感情が湧き出てきた。

まともに顔を上げられないような心境で師匠の家を出た。外の寒さが身に沁みる。もう夜の七時を過ぎていた。アパートに戻る気にもなれない。あてもなくフラフラと閑散とした師匠宅の近所をさまよい歩き、自問自答する。

クビにならずホッとしたか？

いいや。

こんなことで二ツ目になってから落語家をやっていけるか？

どうだか。

本当にこれから先、やっていけるのかねえ。ロックや格闘技に憧れていたこの俺が、いくらそれらのジャンルに劣らず大好きだったお笑いとはいえ、落語という封建的な世界でこれからもやっていけるのか。売れる保証もなければ師匠のようになれる可能性も少ない。悩んで、そして迷い続けた四年間……。

クビにするには遅すぎた。

不意に師匠の言葉がよみがえってきた。

そう、俺もやめるには遅すぎたのかもしれない。兄弟子だった音男のようにもっと早くやめるべきだった。俺は死にぞこない……、なのか？

いや、やっぱり生き残ったと思いたい。しぶとく生き抜いたんだ。師匠の言葉の刃をかいくぐって今日にたどり着いたんだ。

やわな神経じゃやっていけなかった。しょげてつぶれてしまったら終わっていた。重圧を必死ではね返そうとし続けた。師匠にはそんな俺が図太く厚かましい人間に見えたのかもしれない。ま、ろくなもんじゃないことは確かだ。こうして開き直ると変な力が湧き上がってくるのだから。やけっぱちのパワーってやつが。

本当に俺はその場だけ反省して、すぐに忘れてこうして立ち直る。実はちっとも懲りてねえ、とんでもねえ野郎なんだ、俺ってやつは。

落語家以前に人間としてこんなやつが人に好かれるはずがねえ。客に愛される落語家になれるわけがねえ。人を笑わせられる落語ができるわけがねえ。ろくでもねえ。

それにしても、だ。こんな俺をよくクビにせず、ずっとそばに置いていてくれたよなあ。今やっと師匠の愛情を本気で感じることができたのだ。

遅すぎるよ。

ま、いいや。アパートに戻ろう。明日からの高座で着る黒紋付の着物に袖を通して、壁に向かって稽古しよう。明日の本番の光景を思い浮かべながら。客の反応は前座の時とどうちがうんだろう。俺はどんな気持ちになるんだろう。前座時代と変わらず、平常心で喋れるのだろうか。

どうせこんなとんでもねえやつが、ろくでもない了見で飛び込んでしまった世界だ。演れるまで演ってやろう。いけるところまでいってみよう。それが師匠を見返す、じゃない、師匠への恩返しだ。

明日、俺はギターを持ってもグローブをつけても踏み出せなかった第一歩を踏み出すのだ。黒紋付の羽織と着物に袴姿で。手には扇子と手ぬぐいを握りしめて。

あとがき

まず最初にお断りしておきます。この作品はフィクションです。実在する人物、団体とは一切関係ありません。と思います。

ただし、ある落語家の日記を元に書かれたことは事実です。あくまで元にして、です。ということにしといて下さい。

けど本当に良かったなぁ。少しは報われただろ、前座時代の俺。

最後になりましたが、熱意を持ってこの本を世に出して下さった二玄社の方々に深く感謝申し上げます。特に初小説ということで、不慣れで要領を得ない私の執筆作業に根気強く付き合って下さった編集担当の結城さんには本当にお世話になりました。また企画プロデュースを手がけて下さった天才工場スタッフの方々、誠にありがとうございました。

関根勤さん、素敵な推薦文をいただき恐縮しております。感激です。

そしてこんな私を今日まで見守って下さった師匠、おかみさん、関係者の方々にも厚く御礼申し上げます。これからもよろしくお願いいたします。

いや、一番感謝しているのは、貴重なお金とお時間を頂戴した読者の皆様方、そう、あなたさまです。涙が出るほどうれしゅうございます。心より御礼申し上げます。

平成二十年春

桂　歌蔵

桂 歌蔵（かつら うたぞう）
本名・安田彰吾（やすだ しょうご）
1964年7月20日、大阪府堺市に生まれる。
1992年2月　桂歌丸に入門。前座名、歌郎となる。
1996年2月　二ツ目昇進、歌蔵となる。
2005年5月　真打昇進。
洋楽ROCKと格闘技に造詣が深く、多数の専門誌に連載を持つ。
本書が初の自伝的小説となる。

前座修業《ぜんざしゅぎょう》 千《せん》の小言《こごと》もなんのその

2008年6月16日　初版印刷
2008年6月30日　初版発行

著　者　　桂《かつら》　歌蔵《うたぞう》
発行者　　黒須雪子
発行所　　株式会社 二玄社
東京都千代田区神田神保町2-2
営業所　東京都文京区本駒込6-2-1
〒113-0021
電話：03-5395-0511　FAX：03-5395-0515
URL http://www.nigensha.co.jp
イラスト
ブックデザイン　　長屋陽子
企画協力　　NPO企画のたまご屋さん（町山和代）
印刷所　　モリモト印刷株式会社
製本所　　株式会社積信堂

ISBN978-4-544-03044-0 C0093